《天山草堂詩存》根據廣東省佛山市南海區丹竈鎮沙滘村何氏族人藏清光緒二十九年癸卯（1903）鈔本影印
《誠徵録》根據廣東省佛山市南海區丹竈鎮沙滘村何氏族人藏清光緒二十八年（1902）壬寅鈔本影印
《北行日記》根據廣東省佛山市南海區丹竈鎮沙滘村何氏族人藏清光緒二十八年（1902）壬寅鈔本影印

西樵歷史文化文獻叢書

天山草堂詩存
誠徵録
北行日記

（明）何維柏 撰
（清）何沅 輯
（清）何沅 著

广西师范大学出版社
GUANGXI NORMAL UNIVERSITY PRESS
·桂林·

圖書在版編目（CIP）數據

天山草堂詩存 /（明）何維柏撰. 誠徵録/（清）何沅輯. 北行日記 /（清）何沅著. --桂林 : 廣西師範大學出版社，2022.3
（西樵歷史文化文獻叢書）
ISBN 978-7-5598-4838-3

Ⅰ. ①天… ②誠… ③北… Ⅱ. ①何… ②何… Ⅲ. ①中國文學－古典文學－作品綜合集－明清時代 Ⅳ. ①I214.81

中國版本圖書館 CIP 數據核字（2022）第 043979 號

廣西師範大學出版社發行
（廣西桂林市五里店路 9 號　郵政編碼：541004
網址：http://www.bbtpress.com）
出版人：黄軒莊
全國新華書店經銷
湛江南華印務有限公司印刷
（廣東省湛江市霞山區緑塘路 61 號　郵政編碼：524002）
開本：880 mm × 1 240 mm　1/32
印張：9.75　　　字數：265 千
2022 年 3 月第 1 版　　　2022 年 3 月第 1 次印刷
定價：58.00 元

《西樵歷史文化文獻叢書》編輯委員會

叢書總序

温春來　梁耀斌

呈現在讀者面前的，是一套圍繞佛山市南海區西樵鎮編修的叢書。爲一個鎮編一套叢書並不出奇，但爲一個鎮編撰一套多達兩三百種圖書的叢書可能就比較罕見了。編者的想法其實挺簡單，就是要全面整理西樵鎮的歷史文化資源，探索一條發掘地方歷史文化資源的有效途徑。最後編成一套規模巨大的叢書，僅僅因爲非如此不足以呈現西樵鎮深厚而複雜的文化底藴。叢書編者秉持現代學術理念，並非好大喜功之輩。僅僅爲確定叢書框架與大致書目，編委會就組織七八人，研讀各個版本之西樵方志，通過各種途徑檢索全國各大公藏機構之古籍書目，並多次深入西樵鎮各村開展田野調查，總計歷時六月餘之久。隨着調研的深入，編委會益發感覺到面對着的是一片浩瀚無涯的知識與思想的海洋，於是經過反復討論、磋商，決定根據西樵的實際情況，編修一套有品位、有深度、能在當代樹立典範並能夠傳諸後世的大型叢書。

天下之西樵

明嘉靖初年，浙江著名學者方豪在《西樵書院記》中感慨：『西樵者，天下之西樵，非嶺南之西樵也。』① 此話係因當時著名理學家、一代名臣方獻夫而發，有其特定的語境，但卻在無意之間精當地揭示了西樵在整個中華文明與中國歷史進程中的意義。

西樵鎮位於珠江三角洲腹地的佛山市南海區西南部，北距省城廣州40多公里，以境內之西樵山而得名。西樵山由第三紀古火山噴發而成，山峰石色絢爛如錦。相傳廣州人前往東南羅浮山采樵，謂之東樵，往西面錦石山采樵，謂之西樵，『南粵名山數二樵』之説長期流傳，在廣西俗語中也有『桂林家家曉，廣東數二樵』之句。珠江三角洲平野數百里，西樵山拔地而起於西江、北江之間，面積約14平方公里，中央主峰大科峰海拔340餘米。據説過去大科峰上有觀日臺，雞鳴登臨可觀日出，夜間可看到羊城燈火。如今登上大科峰，一覽山下魚塘河涌縱横，闤闠閭閻錯落相間，西、北兩江左右爲帶。②

西樵山幽深秀麗，是廣東著名風景區。然而更值得我們注意的，是以她爲核心的一塊僅有100多平方公里的土地，在中國歷史的長時段中，不斷産生出具有標志性意義的文化財富以及能夠成爲某個時代標籤的歷史人物。珠江三角洲是一個發育於海灣内的複合三角洲，其發育包括圍田平原和沙田平原的先後形成過程。西樵山見證了這一過程，並且在這一片廣闊區域的文明起源與演變的歷史中扮演着重要角色。作爲多次噴發後熄滅的古火山丘，組成西樵山山體的岩石種類多樣，其中有華南地區並不多見的霏細岩與燧石，這兩種岩石因石質堅硬等原因，成爲古人類製作石器的理想材料。大約6000年前，當今天的珠江三角洲還是洲潭遍佈、一片汪洋的時候，這一片地域的史前人類，就不約而同地彙集到優質石料蘊藏豐富的西樵山，尋找製造生産工具的原料，留下了大量打製、磨製的雙肩石器和大批有人工打擊痕跡的石片。在著名考古學家賈蘭坡

① 方豪：《棠陵文集》（收入《四庫全書存目叢書》集部第64冊），卷3，《記·西樵書院記》。
② 參見曾騏《珠江文明的燈塔——南海西樵山考古遺址》，廣州：中山大學出版社，1995年。

先生看來，當時的西樵山是我國南方最大規模的採石場和新石器製造基地，北方只有山西鵝毛口能與之比肩，因此把它們並列爲中國新石器時代南北兩大石器製造場①，並率先提出了考古學意義上的『西樵山文化』②。以霏細岩雙肩石器爲代表的西樵山石器製造品在珠三角的廣泛分佈，意味着該地區『出現了社會分工與產品交換』③，這些凝聚着人類早期智慧的工具，指引了嶺南農業文明時代的到來，所以有學者將西樵山形象地比喻爲『珠江文明的燈塔』④。除珠江三角洲外，以霏細岩爲原料的西樵山雙肩石器，還廣泛發現於粵西、廣西及東南亞半島的新石器至青銅時期遺址，顯示出瀕臨大海的西樵古遺址，不但是新石器時代南中國文明的一個象徵，而且其影響與意義還可以放到東南亞文明的範圍中去理解。

不過，文字所載的西樵歷史並没有考古文化那麼久遠。儘管在當地人的歷史記憶中，南越王趙佗陪同漢朝使臣陸賈游山、唐末曹松推廣種茶、南漢開國皇帝之兄劉隱宴遊是很重要的事件，但在留存於世的文獻系統中，西樵作爲重要的書寫對象出現要晚至明代中葉，這與珠江三角洲在經濟、文化上的崛起是一脈相承的。當時，著名理學家湛若水、霍韜以及西樵人方獻夫等在西樵山分别建立了書院，長期在此讀書、講學，他們的許多思想產生或闡釋於西樵的山水之間，例如湛若水在西樵設教，門人記其所言，是爲《樵語》。方獻夫在《西樵遺稿》中談到了他與湛、霍二人在西樵切磋學問的情景：『三（書）院鼎峙，予三人常來往，講學其

① 賈蘭坡、尤玉柱：《山西懷仁鵝毛口石器製造場遺址》，《考古學報》，1973 年第 2 期。
② 賈蘭坡：《廣東地區古人類學及考古學研究的未來希望》，《理論與實踐》，1960 年第 3 期。
③ 楊式挺：《試論西樵山文化》，《考古學報》，1985 年第 1 期。
④ 曾騏：《珠江文明的燈塔——南海西樵山考古遺址》，第 30—42 頁。

間，藏修十餘年。』① 王陽明對三人的論學非常期許，希望他們珍惜機會，時時相聚，爲後世儒林留下千古佳話，他致信湛若水時稱：『叔賢（即方獻夫）志節遠出流俗，渭先（即霍韜）雖未久處，一見知爲忠信之士，乃聞不時一相見，何耶？英賢之生，何幸同時共地，又可虛度光陰，容易失卻此大機會，是使後人而復惜後人也！』② 西樵山與作爲明代思想與學術主流的理學之關係，意味着她已成爲一座具有全國性意義的人文名山，這正是方豪『天下之西樵』的涵義。清人劉子秀亦云：『當湛子講席，五方問業雲集，山中大科之名，幾與嶽麓、白鹿鼎峙，故西樵遂稱道學之山。』③ 方豪同時還稱：『西樵者，非天下之西樵，天下後世之西樵也。』一語道出了人文西樵所具有的長久生命力。這一點方豪也没有説錯，除上述幾位理學家外，從明中葉迄今，還有衆多知名學者與文章大家，諸如陳白沙、李孔修、龐嵩、何維柏、戚繼光、郭棐、葉春及、李待問、屈大均、袁枚、李調元、温汝適、朱次琦、康有爲、丘逢甲、郭沫若、董必武、秦牧、賀敬之、趙樸初等等，留下了吟詠西樵山的詩、文，今天我們走進西樵山，還可發現 140 多處摩崖石刻，主要分佈在翠岩、九龍岩、金鼠塱、白雲洞等處。與西樵成爲嶺南人文的景觀象徵相應的是山志編修。嘉靖年間，湛若水弟子周學心編纂了最早的《西樵山志》，萬曆年間，霍韜從孫霍尚守以周氏《樵志》『誇誕失實』之故而再修《西樵山志》，清初羅國器又加以重修，這三部方志已佚失，我們今天能看到的是乾隆初年西樵人士馬符録留下的志書。除山志外，直接以西樵山爲主題的書籍尚有成書於清乾隆年間的《西樵遊覽記》、道光年間的《西樵白雲洞志》、光緒年間的《紀遊西樵山記》等。

① 方獻夫：《西樵遺稿》，康熙三十五年（1696）方林鶴重刊本，卷 6，《石泉書院記》。
② 王陽明：《王文成全書》，四庫本，卷 4，《文録・書一・答甘泉二》。
③ 劉子秀：《西樵遊覽記》，道光十三年（1833）補刊本，卷 2，《圖説》。

晚清以降，西樵山及其周邊地區（主要是今天西樵鎮範圍）產生了一批在思想、藝術、實業、學術、武術等方面走在中國最前沿的人物，成爲中國走向近代的一個縮影。維新變法領袖康有爲、一代武術宗師黃飛鴻、民族工業先驅陳啟沅、『中國近代工程之父』詹天佑、清末出洋考察五大臣之一的戴鴻慈、『嶺南第一才女』冼玉清、粵劇大師任劍輝等西樵鄉賢，都成爲具有標志性或象徵性的歷史人物。

事實上，明代諸理學家講學時期的西樵山，已非與世隔絕的修身之地，而是與整個珠江三角洲的開發聯繫在一起的。西樵鎮地處西、北江航道流經地域，是典型的嶺南水鄉，境内河網交錯，河涌多達19條，總長度120多公里，將鎮内各村聯成一片，並可外達佛山、廣州等地。① 傳統時期，西樵的許多墟市，正是在這些水邊興起的。今鎮政府所在地官山，在正德、嘉靖年間已發展成爲觀（官）山市，是爲西樵有據可查的第一個墟市。據統計，明清時期，全境共有墟市78個。② 西樵山上的石材、茶葉可通過水路和墟市，滿足遠近各方的需求。一直到晚清之前，茶業在西樵都堪稱舉足輕重，清人稱『樵茶甲南海，山民以茶爲業，鬻茶而舉火者萬家』③。當年山上主要的採石地點、後由於地下水浸漫而放棄的石燕岩洞，因生產遺跡完整且水陸結合而受到考古學界重視，成爲繼原始石器製造場之後的又一重大考古遺址。

水網縱橫的環境使得珠江三角洲堤圍遍佈，西樵山剛好地處横跨南海、順德兩地的著名大型堤圍——桑園圍中，而且是桑園圍形成的地理基礎之一。歷史時期，西、北江的沙泥沿着西樵山和龍江山、錦屏山等海灣中島嶼或丘陵臺地旁邊逐漸沉積下來。宋代珠江三角洲沖積加快，人們開始零零星星地修築一些『秋欄基』

① 《南海市西樵山旅遊度假區志》，廣州：廣東人民出版社，2009年，第188—192頁。
② 《南海市西樵山旅遊度假區志》，第393頁。
③ 劉子秀：《西樵遊覽記》，卷10，《名賢》。

以阻擋潮水對田地的浸泛，這就是桑園圍修築的起因。① 明清時期在桑園圍内發展起了著名的果基、桑基魚塘，使這裡成爲珠江三角洲最爲繁庶之地。不難想象僅僅在幾十年前，西樵山還是被簇擁在一望無涯的桑林魚塘間的景象。如今桑林雖已大都變爲菜地、道路和樓房，但從西樵山山南路下山，走到半山腰放眼望去，尚可看見數萬畝連片的魚塘，這片魚塘現已被評爲聯合國教科文組織保護單位，是珠三角地區面積最大、保護最好、最爲完整的（桑基）魚塘之一。

桑基魚塘在明清時期達於鼎盛，成爲珠三角經濟崛起的一個重要標志，與此相伴生的，是另一個重要産業——繅絲與紡織的興盛。聯繫到這段歷史，由西樵人陳啟沅在自己的家鄉來建立中國第一家近代機器繅絲廠就在情理之中了。開廠之初，陳啟沅招聘的工人，大都來自今西樵鎮的簡村與吉水村一帶，而陳啟沅本人，也深深介入到了西樵的地方事務之中。② 從這個層面上看，把西樵視爲近代民族工業的起源地或許並非溢美之辭。但傳統繅絲的從業者數量仍然龐大，據光緒年間南海知縣徐賡陛的描述，當時西樵一帶以紡織爲業的機工有三四萬人。③ 作爲産生了黄飛鴻這樣深具符號性意義的南拳名家的西樵，武術風氣濃厚，機工們大都習武，並且圍繞錦綸堂組織起來，形成了令官府感到威脅的力量。民國初年，西樵民樂村的程姓村民，對原來只能織單一平紋紗的織機進行改革，運用起綜的小提花和人力扯花方法，發明了馬鞍絲織提花綜，首創具有扭眼通花團的新品種——香雲紗，開創莨紗綢類絲織先河。香雲紗輕薄柔軟而富有身骨，深受廣州、上海、南京等地富人喜歡，在歐洲也被視爲珍品。上世紀二三十年代是香雲紗發展的黄金時期，如民樂林村

① 曾少卓：《桑園圍自然背景的變化》，中國水利學會等編《桑園圍暨珠江三角洲水利史討論會論文集》，廣州：廣東科技出版社，1992年，第51頁。

② 陳天傑、陳秋桐：《廣東第一間蒸汽繅絲廠繼昌隆及其創辦人陳啟沅》，載《中華文史資料文庫》第12卷《經濟工商編》，北京：中國文史出版社，1996年，第784—787頁。

③ 徐賡陛：《辦理學堂鄉情形第二稟》，載《皇朝經世文續編》，近代中國史料叢刊本，卷83，《兵政·剿匪下》。

程家一族600人，除1人務農之外，均以織紗爲業。① 隨着化纖織物的興起，香雲紗因工藝繁複、生產週期長等原因失去了競争力，但作爲重要的非物質文化遺産受到保護。西樵不僅在中國近代紡織史上地位顯赫，而且其影響一直延續至今。1998年，中國第一家紡織工程技術研發中心在西樵建成。2002年12月，中國紡織工業協會授予西樵『中國面料名鎮』稱號。② 2004年，西樵成爲全國首個紡織産業升級示範區，國家級紡織檢測研發機構相繼進駐，紡織産業創新平臺不斷完善。③ 據不完全統計，西樵整個紡織行業每年開發的新産品有上萬個。④

除上文提及的武術、香雲紗工藝外，更多的西樵非物質文化遺産是各種信仰與儀式。西樵信仰日衆多，其中較著名者有觀音開庫、觀音誕、大仙誕、北帝誕、師傅誕、婆娘誕、土地誕、龍母誕等。據統計，全鎮共擁有105處民間信仰場所，其中除去建築時間不詳者，可以明確斷代的，建於宋代的有3所，即百西村六祖廟、西邊三帝廟、牌樓周爺廟；建於元明間的有1所，即河溪北帝廟；建於明代的有2所，分别是百西村北帝祖廟和百西村洪聖廟；建於清代的廟宇有28所；其餘要麽是建於民國，要麽是改革開放後重建，真正的新建信仰場所寥寥無幾。⑤ 除神廟外，西樵的每個自然村落中都分佈着數量不等的祠堂，相較於西樵山上的那些理

① 《南海市西樵山旅遊度假區志》，第323頁。

② 《南海市西樵山旅遊度假區志》，第303—304頁。

③ 《西樵紡織行業加快自主創新能力》，見中國紡織工業協會主辦、中國紡織信息中心承辦之『中國紡織工業信息網』，http://news.ctei.gov.cn/zxzx—lmxx/12495.htm。

④ 《開發創新走向國際　西樵紡織企業年開發新品上萬個》，見中國紡織工業協會主辦、中國紡織信息中心承辦之『中國紡織工業信息網』，http://news.ctei.gov.cn/zxzx—lmxx/12496.htm。

⑤ 梁耀斌：《廣東省佛山市西樵鎮民間信仰的現狀與管理研究》，中山大學2011年碩士學位論文。

學聖地，神靈與祖先無疑更貼近普通百姓的生活。西樵的一些神靈信仰日，如觀音誕、大仙誕，影響遠及珠江三角洲許多地區乃至香港，每年都吸引數十萬人前來朝聖。

傳統文化的基礎工程

上文對西樵的一些初步勾勒，揭示了嶺南歷史與文化的幾個重要面相。進而言之，從整個中華文明與中國歷史進程的角度去看，西樵在不同時期所產生的文化財富與歷史人物，或者具有全國性意義，或者可以放在中華文明統一性與多元化的辯證中去理解，正所謂『西樵者，天下之西樵，非嶺南之西樵也』。不吝人力與物力，將博大精深的西樵文化遺產全面發掘、整理並呈現出來，是當代西樵各界人士以及有志於推動嶺南地方文化建設的學者們的共同責任。這決定了《西樵歷史文化文獻叢書》不是一個簡單的跟風行爲，也不是一個隨便的權宜之計。叢書是展現給世界看的，也是展現給未來看的，我們力圖把這片浩瀚無涯的知識寶庫呈現於世人之前，我們更希望，過了很多年之後，西樵的子孫們，仍然能夠爲這套叢書而感到驕傲，所有對嶺南歷史與文化感興趣的人們，能夠感激這套叢書爲他們做了非常重要的資料積纍。根據這一指導思想，經過反復討論，編委會確定了叢書的基本内容與收録原則，其詳可參見叢書之『編撰凡例』，在此僅作如下補充説明。

叢書尚在方案論證階段，許多知情者就已半開玩笑半認真地名之爲『西樵版四庫全書』，這個有趣的概括非常切合我們對叢書品位的追求，且頗具宣傳效應，是對我們的一種理解和鼓舞。但較之四庫全書編修的時代，當代人對文化與學術的理解顯然更具多元性與平民情懷，那個時代有資格列入『四庫』的，主要是知識精英們創造的文字資料，我們固然會以窮搜極討的態度，不遺餘力地搜集這類資料，但我們同樣重視尋常百姓書寫的文獻，諸如家譜、契約、書信等等，它們現在大都散存於民間，保存狀況非常糟糕，如果不及時搜集，就會逐漸毀損消亡。

能夠體現叢書編者的現代意識的，還有邀請相關領域的專業人士以遵循學術規範爲前提，通過深入田野調查撰寫的描述物質文化遺産、非物質文化遺産的作品。這兩部分内容加上各種歷史文獻，構成了完整的地方傳統文化資源。目前不管是學術界還是地方政府，均尚未有意識地根據這三大類别，對某個地域的傳統文化展開全面系統的發掘、整理與出版工作。在這個意義上，《西樵歷史文化文獻叢書》無疑具有較大開拓性、前瞻性與示範性。叢書編者進而提出了『傳統文化的基礎工程』這一概念，意即拋棄任何功利性的想法，扎扎實實地將地方傳統文化全面發掘並呈現出來，形成能夠促進學術積累並能夠傳諸後世的資料寶庫，在真正體現出一個地方的文化深度與品位的同時，爲相關的文化産業開發提供堅實基礎。希望《西樵歷史文化文獻叢書》的推出，在這個方面能産生積極影響。

高校與地方政府合作的成果

西樵人文底蘊深厚，這是叢書能夠編撰的基礎；西樵鎮地處繁華的珠江三角洲，則使得叢書編撰有了充足的物質保障。然而，這樣浩大的文化工程能够實施，光憑天時、地利是不夠的，一群志同道合的有心者所表現出來的『人和』也是非常關鍵的因素。

2009年底，西樵鎮黨委和政府就有了整理、出版西樵文獻的想法，次年1月，鎮黨委書記邀請了中山大學歷史學系幾位教授專程到西樵討論此事。通過幾天的考察與交流，幾位鎮領導與中大學者一致認定，以現代學術理念爲指導，爲了全面呈現西樵文化，必須將文獻作者的範圍從精英層面擴展到普通百姓，並且應將物質文化遺産與非物質文化遺産的内容也包括進來，形成一套《西樵歷史文化文獻叢書》。爲了慎重起見，決定由中大歷史學系幾位教授組織力量進行先期調研，確定叢書編撰的可行性與規模。經過6個多月的努力，調研組將成果提交給西樵鎮黨委，由相關領導與學者坐下來反復討論、修改、再討論……，並廣泛徵求西樵地方文化人士的意見，與他們進行座談。歷時兩個多月，逐漸擬定了叢書的編撰凡例與大致書目，並彙報給南海區委、區政府與中山大學校方，得到了高度重視與支持。2010年9月底，簽定了合作協議，組成了《西樵歷史文化文獻叢書》編輯委員會，決定由西樵鎮政府出資並負責協調與聯絡，由中山大學相關學者牽頭，組織研究力量具體實施叢書的編撰工作。

值得一提的是，《西樵歷史文化文獻叢書》是近年來中山大學與南海區政府廣泛合作的重要成果之一，並爲雙方更深入地進行文化領域的合作打下了堅實基礎。2011年6月，中山大學與南海區政府決定在西樵山共建『中山大學嶺南文化研究院』，康有爲當年讀書的三湖書院，經重修後將作爲研究院的辦公場所與教學、研究基地。嶺南文化研究院秉持高水準、國際化、開放式的發展定位，將集科學研究、教學、學術交流、服務地方爲一體，力爭建設成爲在國際上有較大影響的嶺南文化研究中心、資料信息中心、學術交流中心、人才培養基地。研究院的成立，是對西樵作爲嶺南文化精粹所在及其在中華文明史中的地位的肯定，編撰《西樵歷史文化文獻叢書》也順理成章地成爲研究院目前最重要的工作之一。

在已超越温飽階段，人民普遍有更高層次追求，同時市場意識又已深入人心的中國當代社會，傳統文化迎來了新一輪的復興態勢。這對地方政府與學術界都是新的機遇，同時也產生了值得思考的問題：如何在直接的經濟利益與謹嚴求真的文化研究之間尋求平衡？我們是追求短期的物質收穫還是長期的區域形象？當各地都在弘揚自己的文化之際，如何將本地的文化建設得具有更大的氣魄和胸襟？《西樵歷史文化文獻叢書》或許可以視爲對這些見仁見智問題的一種回答。

叢書編撰凡例

一、本叢書的『西樵』指的是以今廣東省佛山市南海區西樵鎮爲核心、以文獻形成時的西樵地域概念爲範圍的區域，如今日之丹灶、九江、吉利、龍津、沙頭等地，均根據歷史情況具體處理。

二、本叢書旨在全面發掘並弘揚西樵歷史文化，其基本内容分爲三大類别：（1）歷史文獻（如志乘、家乘、鄉賢寓賢之論著、金石、檔案、民間文書以及紀念鄉賢寓賢之著述等）；（2）非物質文化遺産（如口述史、傳説、民謡與民諺、民俗與民間信仰、生産技藝等）；（3）自然與物質文化遺産（如地貌、景觀、遺址、建築等）。擴展内容分爲兩大類别：（1）有關西樵文化的研究論著；（2）有關西樵的通俗讀物。出版時，分别以《西樵歷史文化文獻叢書・歷史文獻系列》、《西樵歷史文化文獻叢書・非物質文化遺産系列》、《西樵歷史文化文獻叢書・自然與物質文化遺産系列》、《西樵歷史文化文獻叢書・研究論著系列》、《西樵歷史文化文獻叢書・通俗讀物系列》命名。

三、本叢書收録之歷史文獻，其作者應已有蓋棺定論（即於 2010 年 1 月 1 日之前謝世）；如作者爲鄉賢，則其出生地應屬於當時的西樵區域；如作者爲寓賢，則作者曾生活於當時的西樵區域内。

四、鄉賢著述，不論其内容是否直接涉及西樵，但凡該著作具有文化文獻價值，可代表西樵人之文化成就，即收録之；寓賢著述，但凡作者因在西樵活動而有相當知名度且在中國文化史上有一席之地，則其著述内容無論是否與西樵有關，亦收録之；非鄉賢及寓賢之著述，凡較多涉及當時的西樵區域之歷史、文化、景觀者，亦予收録。

五、本叢書所收録紀念鄉賢之論著，遵行本凡例第三條所定之蓋棺定論原則及第一條所定之地域限定，且叢書編者只搜集留存於世的相關紀念文字，不爲鄉賢新撰回憶與懷念文章。

六、本叢書收録之志乘，除此次編修叢書時新編之外，均編修於 1949 年之前。

七、本叢書收録之家乘，均編修於 1949 年之前，如係新中國成立後的新修譜，可視情況選擇譜序予以結集出版。地域上，以 2010 年 1 月 1 日之西樵行政區域爲重點，如歷史上屬於西樵地區的百姓願將族譜收入本叢書，亦從其願。

八、本叢書收録之金石、檔案和民間文書，均産生於 1949 年之前，且其存在地點或作者屬於當時之西樵區域。

九、本叢書整理收録之西樵非物質文化遺産，地域上以 2010 年 1 月 1 日之西樵行政區域爲準，内容包括傳説、民謡、民諺、民俗、信仰、儀式、生産技藝及各行業各戰綫代表人物的口述史等，由專業人員在系統、深入的田野工作基礎上，遵循相關學術規範撰述而成。

十、本叢書整理收録之西樵自然與物質文化遺産，地域上以 2010 年 1 月 1 日之西樵行政區域爲準，由專業人員在深入考察的基礎上，遵循相關學術規範撰述而成。

十一、本叢書之研究论著系列，主要收録研究西樵的專著與單篇論文，以及國内外知名大學的相關博士、碩士論文，由叢書編輯委員會邀請相關專家及高校合作收集整理或撰寫而成。

十二、本叢書組織相關人士，就西樵文化撰寫切合實際且具有較強可讀性和宣傳力度的作品，形成本叢書之通俗讀物系列。

十三、本叢書視文獻性質採取不同編輯方法。原文獻係綫裝古籍或契約者，影印出版，並視情況添加評介、題注、附録等；如係碑刻，採用拓片或照片加文字等方式，並添加説明；如爲民國及之後印行的文獻，或影印出版，或重新録入排版，並視情況補充相關資料；新編書籍採用簡體横排方式。

十四、本叢書撰有《西樵歷史文化文獻叢書書目提要》一册。

總目

《天山草堂詩存》評介

任建敏

《天山草堂詩存》不分卷，明何維柏撰，清何錫祥編，何沅鈔。半葉8行20字，無欄格。南海沙滘村何樹能藏光緒二十九年（1903）何沅鈔本。

何維柏（1511—1587），字喬仲，號古林，廣東南海登雲堡沙滘鄉（今佛山市南海區丹竈鎮沙滘村）人。有關何維柏的生平事迹，可參見冼玉清《何維柏與天山草堂》及本叢書《天山草堂存稿》書前吴國聰《評介》有關介紹，在此不再贅述。①

本書爲南海沙滘村何樹能所藏沙滘何氏諸種鈔本的一種，爲筆者於2020年10月前往該村調研時訪得。除本書外，還有何維柏《天山草堂存稿》（五卷本）、何維柏《誠徵録》、何沅《北行日記》及《何慎德堂家譜》共五種，對了解何維柏生平及沙滘何氏歷史有着重要的參考價值，蒙何樹能老先生首肯，列入《西樵歷史文化文獻叢書》中影印出版。此外，中山大學中國古文獻研究所助理研究員吴勁雄博士在2016年通過何樹能獲得《天山草堂存稿》《天山草堂詩存》《誠徵録》三書的鈔本，并對其内容、版本、源流進行了梳

① 冼玉清：《何維柏與天山草堂存稿》，《嶺南學報》1950年6月第10卷第2期；吴國聰：《評介》，《天山草堂存稿》，《西樵歷史文化文獻叢書》，桂林：廣西師範大學出版社，2014年，第1—10頁。

理研讀。① 吴勁雄還將三書進行了標點、整理與輯録，彙爲《何維柏集》，於 2020 年由知識産權出版社出版。②

書前有光緒二十九年何沅《重鈔天山草堂詩存記》、咸豐二年（1852）何錫祥《天山草堂詩存序》、咸豐五年（1855）何藻青《天山草堂詩存叙》、咸豐五年何若瑜《叙》。

本書何錫祥《天山草堂詩存序》稱，何錫祥在咸豐元年（1851）春時『與諸父昆弟論及天山草堂遺文，鮮有存者，予情不自已，多方搜采，冀復睹其全書，而除《天山草堂稿》《誠徵録》外，終不可得，未嘗不令人致慨於杞、宋也』。直到後來在其叔祖何星衢、叔父何澧堂二人處得到『手鈔詩若干首』，其後又於《西樵志》《誠徵録》中獲得若干篇，『裒而集之，共得八十餘首，此所謂存什一於千百者』。

又何藻青《天山草堂詩存叙》稱：咸豐元年春，何藻青在家鄉與諸位兄弟搜輯何維柏的遺詩，『凡見於他本者，隨手録之，僅得若干首，吉光片羽，彌覺寶珍』。到了咸豐五年二月，『杏樵侄』（按：應該指的是何錫祥）『恐其閲時而仍失也，亟付剞劂，杏樵可謂能紹復先人之大業者矣』。

又據何若瑜《叙》中提到：咸豐四年春『族兄慕桓（按：應該指的是何錫祥）於各志書搜羅迨遍，得公詩若干首。其間各體具備，乃亟爲授梓以垂永久，吉光片羽，文豹一斑，則所爲繩祖武而慰公志者』。

又據何沅《重鈔天山草堂詩存記》提到，《四庫全書總目提要》中所載録的《天山草堂存稿》八卷

① 吴勁雄：《新見何維柏著作清鈔本三種》，《圖書館論壇》2017 年第 8 期，第 130—134，118 頁。
② 何維柏著，吴勁雄整理：《何維柏集》，北京：知識産權出版社，2020 年。

中，有文六卷、詩二卷，但沙滘何氏『族中所傳鈔本已缺詩二卷矣』。而何沅所鈔之本，來自沙滘何氏舊藏：『其版成於咸豐初年，旋遭火劫，今族中亦僅存數本而已。』何沅又提到，光緒三年（1877）『沅曾手鈔一本』，至光緒九年（1883）『又鈔附於存稿之後』。至光緒二十九年在鄉居住的時候，在閑暇時『復鈔是本，區區之意，蓋恐久而復失，或者多得一本，亦可失彼而存此云爾』。

又據何沅《重鈔誠徵録序》提到，何沅伯父何瓚卿曾『出《天山草堂詩存》一卷，命沅讀之，且曰：「公之著作，此其一班也。」詩板由迪徽堂敬刊，今板亦毁，族中所存，當是三五卷耳。沅受而歸，隨手鈔一卷』。①

綜合以上何錫祥、何藻青、何若瑜、何沅等人的自述，大致可以瞭解現存《天山草堂詩存》的來歷。該《詩存》與《天山草堂存稿》後兩卷之《詩》并無直接繼承關係，早在清初傳下來的《天山草堂存稿》（今存於廣東省立中山圖書館，《四庫全書存目叢書》《西樵歷史文化文獻叢書》均以此爲底本影印）中就已經佚失了『詩』兩卷。沙滘何氏族人對此仍多方搜輯，至咸豐二年，何錫祥通過彙集其叔祖何星衢、叔父何澧堂（按：可能指的就是何藻青）處的手鈔詩，以及《西樵志》《誠徵録》內所録何維柏之詩，終於輯録了八十多首，成爲《天山草堂詩存》本書的主要組成內容。至咸豐四年（1854）春，何錫祥的搜輯工作已大致完成，隨後準備刊刻。咸豐五年，何錫祥將其付諸沙滘何氏『迪徽堂』鋟板刊行。但不久後書板被毁，幸得何瓚卿還保存了一卷，并將其借予何沅一閱。何沅得到該書後，如獲至寶，分別在光緒三年、光緒

① 何沅：《重鈔誠徵録序》，載何維柏：《誠徵録》書前，佛山南海何樹能藏清鈔本。

九年、光緒二十九年三次手鈔。現存者爲其光緒二十九年的鈔本，也是該《詩存》現存唯一的孤本，也算是不負鈔者『失彼而存此』的初心。

現存《天山草堂詩存》，共收録詩一百一十三首，其中何維柏本人所作詩八十五首，與何錫祥《序》中提到的『共得八十餘首』相符。另有諸家題贈詩二十二首、沙滘何氏族人詩六首。

本書所輯何維柏之詩，按詩體爲類編排。其中五言古風六首，七言古風二首，五言律詩十首（其中《游飛來寺》一題三首），七言律詩二十五首（其中《渡鎮江述懷》《冬日由沙堤至磻溪山中游覽》各二首），五言絶句六首（其中《還故居》二首），七言絶句三十六首（其中《七夕》八首，《江村感舊漫書》四首，《山居感懷》《贈鶴所兆先兆明三位從兄》各二首），一共八十五首。在以上詩的最後，有朱筆『題陳白沙先生祠堂門聯并書：道承孔孟三千載，學接程朱第一支』共26字，其字迹與正文相同，大概是何沅後來補入之文。

此外『附録諸家題贈』共二十二首。包括著名理學家、廣州增城人湛若水所贈何維柏詩三首，著名學者、湖南常德人蔣信《讀書堂》二首，廣州南海人龐尚鴻（明代一條鞭法著名推行者龐尚鵬之弟）《與何古林同登崑都山》一首，以上三人都是何維柏同時代人。此外還有後學明末宰輔、香山人何吾騶，長泰知縣、三水人陳景唐詩各一首。其末則是『八閩歌謡』十四首。據何錫祥所作題記，這十四首歌謡是采自《誠徵録》所載，是何維柏任福建巡按御史參劾時任首輔嚴嵩時被嘉靖皇帝下旨逮捕，『時閩之庶士沐公之澤，思公之德，憫公之忠，一一寄諸謳吟，以抒其憂慕之誠者也』。

最後還附録了『列祖律詩』七首，何錫祥提到，沙滘何氏『以詩縣者不一而足』，可惜都『流失散佚，蕩然無存』，何錫祥在輯録何維柏詩的過程中，便將『列祖之詩隨所見聞，敬而録之，并付諸梓，庶留什一於千百云爾』。在本書目録中，收録了何應初一首、何士傑二首、何維椅（何維柏之弟）一首、何嘉元一首、何瑗有《白裹白》二首。不過在今存鈔本中，何應初、何士傑、何維椅、何嘉元四人之詩均已佚失，僅存何瑗有的《白裹白》二首。

大體而言，本書所收之詩，以山水游覽詩居多，其中與西樵山直接相關者也不少。如七言律詩《題方少保西樵山書院壁》《西樵月夜感舊》《春日偕諸弟侄游西樵》《偕陳黄門崔民部陸孝廉游西樵經梅花館》，五言絶句《西樵山居》，七言絶句《天湖釣月》《翠岩流觴》《經方文襄公故居》《西樵道中》《紫雲樓雨夜書懷》《天湖亭雜咏次嗇翁韻》等，均爲何維柏居西樵山時所作。此外，還包括了何維柏行經廣州、韶州、山東、江西、福建等地的記游、記事之詩。

值得注意的是，本書所收詩中，有不少詩題之下還有小字注文。從其内容來看，對補充理解詩作撰寫的背景非常有幫助。其叙述之詳盡，非親歷者不能爲，所以很可能源自何維柏本人作詩時就已經撰寫出來的注文。而何錫祥在輯録何維柏詩的時候，也對這些注文進行了補充和修改，所以在注文中屢屢提到的『公』，就是何錫祥對何維柏的稱呼。這些注文對進一步了解何維柏相關詩作的創作背景非常有參考價值。如《望游武夷》詩，何錫祥提到是在何維柏行經崇安縣長平驛時，與戴、甘、劉、黄等友人『遲留此數日』，經武夷山九曲水而作此詩。又如《鉛山道中尋弟不遇》，何錫祥的小注長達173字，十分詳細地交代了何維柏在福建巡按御史任上被逮之後，何維柏本人、朝廷所差『使者』、福建的地方官員及何維柏諸弟的動向。又如《扃院草疏用前院聶雙江韻書懷》一詩，交代了何維柏在閉門撰寫參劾嚴嵩的奏章時的心境。何錫祥提到：『草疏奏嚴嵩，是夜拜告天地，祈格君心，秉燭起草，有大鴉百十噪繞庭中，至翌晨一啄硯池，二立公座，公祝曰：「柏志已定，縱啄吾目，當亦不止。」鴉仍徘徊亭中，揮之復聚。』這一段注文非常有畫面感，把何維柏下定決心，不顧身家性命也要參劾嚴嵩，以期皇帝醒悟而草疏時的場景描繪了出來。

因何維柏《天山草堂存稿》中所收之『詩』已全部佚失，因此本書是現存何維柏之最爲集中與系統的詩文著作，對了解何維柏的人生經歷，以及其詩文水平有着十分重要的價值。今據鈔本影印，行諸於世，以饗讀者。

天山草堂詩存

重鈔天山草堂詩存記

謹案四庫提要內云天山草堂存稿（八卷）內文六卷詩二卷惟族中所傳鈔本已缺詩二卷矣茲卷當未及其半然亦可窺豹一斑也其版成於咸豐初年旋遭火刦今族中亦僅存數本而已光緒丁丑沅曾手鈔一本逺癸未又鈔附於存稿之後今歲鄉居偶暇復鈔是本區區之意蓋恐久而復失或者多得一本亦可失彼而存此云爾又案提要云公詩多講學語蓋公

嘗從陳獻章游也又云獻章詩是有韻之語錄蓋以詩無取乎道學語也竊以為詩道性情者也性情之所專注即不禁津津而道之故三百篇不少道學語豈得以道學為詩之病乎獨是東冬混押支微互通似乎宜於古者不宜於今此則所欲質疑深於詩學者耳若再鋟版以永其傳則俟諸後之君子焉

光緒二十九年歲次癸卯八月　沅謹記於知困齋

天山草堂詩存序

大宗伯諱維柏字喬仲號古林賜謚端恪我房高伯祖封翁號逸溪之長子也前明嘉靖間為福建巡按御史秉政仁惠閩人尸祝至今首發嚴賊之奸聞者敬怖禍幾不測卒誠感鬼神忠悟人主得賜生還隆慶改元起用大理寺少卿萬歷時以南京禮部尚書致仕公經濟節義載在史誌炳爍古今茲不具載然人但知公大節之昭

而未知其著作之富也初公之生也自少以孝友聞及長讀書於西樵之天山草堂私淑陳白沙先生所學無非以誠意正心身體力行為本嘗自言曰人能坐言起行不負朝廷不愧所學如斯而已矣故其在閩被逮時從容自得置死生於度外去官後講學南昌即本所學以為教遊其門者千數計前後著有太極圖解易學義禮經辨陳白沙言行録天山草堂存集行於世

百餘年間板刻蝕剝片紙寸箋莫由考核辛亥春與諸父昆弟論及天山草堂遺文鮮有存者予情不自已多方搜採蒐復覯其全書而除天山草堂稿誠徵錄外終不可得未嘗不令人致慨於杞宋也後於星衢叔祖及澧塘叔雨處得手鈔詩若干首續又得西樵誌誠徵錄中諸什裒而集之共得八十餘首此所謂存什一於千百者其在斯乎其在斯乎夫以公之學問經濟

日月爭光豈區區待詩而存者然即以詩論其識力之精純胎息之深厚體格之渾成吐屬之工雅平生之學力氣節往往流亦於言詞之表則其全稿雖亡如此詩者未始不可以窺全豹於一斑也因亟授諸剞劂敬而存之俾吾家之後學得所觀感而興起焉且以知凡為人子孫須善繼善述慎無使先人手澤棄若弁髦焉可

咸豐二年葭月先立冬三日　族曾姪孫錫祥謹序

天山草堂詩存敘

今詩集未及刊此敘方於昨歲得是稿茲特補之

天山草堂詩卷乃前明家八世　高叔祖大宗伯古林先生之遺草也先生為有明一代理學儒宗方世宗朝王綱不舉國事日非黨惡橫行忠良戮辱先生以名進士入翰林擢御史巡按八閩慨然以天下為己任所以勵聖學廣聖聰省征徭斥奸佞嘉謀嘉猷載在口碑赫赫如昨日而要先生之心則茍利社稷死生以之進思退思惟日不足又安有寸晷分陰得以

從事於風雅中乎故先後服官四十餘年其間往來唱和之章即景抒情之作集中鮮有存者其所存大都皆未仕時及致仕後居多而由誠徵録鈔附古今體若干首則皆按閩被逮時自始事至歸籍往返南北凡數月憂愁感憤之所為作也怨而不怒有三百篇之遺風焉嗟乎先生之為國為民先生之至性至情也先生之性情真且摯固於君國見之而不徒於君國徵之方其身在縲絏禍幾不測所惓惓不能釋諸

懷者雙親而外他無所繫念逮聞諸弟遠赴兄難馳
驅萬里流涕感激情見乎詞其詩具在取而讀之真
足令百世下頑者廉懦者立天下惟先有所不忍於
一二人而後能有所不忍於千萬人嗚呼豈偶然哉
先生身歷三朝累官至南京禮部尚書未抵任乞休
歸里角巾野服以著述自娛天山草堂全集其手定
也歷年既久版刻無存族中僅有藏本皆殘缺蝕剝
而詩卷則為傳繕者失之斯亦先生全集之一大恨

事也藻青不敏弱冠即欲重校是書以俟有力者之鋟版以詩卷正缺尚待蒐羅且鞅掌名場未遑將事今匆匆又十餘年矣近益迫於生計無暇思理舊業中心藏之不知何日慰之也辛亥春株守鄉園偶與諸弟昆搜輯先生遺詩凡見於他本者隨手録之僅得若干首吉光片羽彌覺寶珍今年二月杏樵姪恐其閲時而仍失也亟付剞劂杏樵可謂能紹復先人之大業者矣尚因詩而併及全集接續開雕以成余

欲成之志焉杏樵紹復之功更何如也是又余之不能無厚望於杏樵者也杏樵勉乎哉

皇清咸豐五年乙卯四月既望族曾庶姪孫後學何藻青侶陶拜手謹序

敘

詩以道性情者也古人謂（離）忠孝無以言詩旨哉斯言夫性情正而後人品端人品端而後詩品貴然三百篇其間言忠孝者不鮮類皆發乎性（情）止乎性而可歌可詠也乃後之人或標新獵豔死灰槁木無生氣焉鬭僻騁奇牛鬼蛇神少真機焉其不曰希蹤李杜則又曰方軌韓蘇書肆中專集之刻汗牛充棟求其合乎温柔敦厚之教者曾幾人哉瑜祖古林公少具妙

才長敦實學致仕後嘗於河南是岸寺側結廬其下而讀書焉顏其廬曰天山草堂取易遯卦之義也時著有天山草堂集並易學義禮經辨太極圖解陳白沙言行錄諸書行世乃代遠年湮全書盡歸蕪散嗟乎論語代薪班書質酒古今有同慨焉其亦思前之人盡心力而為之後之人視若土苴焉不亦為書之一厄哉　公自舉孝廉登進士歷官至禮部尚書嘗其為御史而出巡八閩則黜奢華而尚樸儉崇學校

以正人心發倉賑飢存活甚衆閭之人至今猶尸祝其德不衰追乎彼逮無老少智愚莫不感恨飲泣以送其時之為歌謠者不下千百章歿後郡之士大夫以〻公生平端方正直乃舉為鄉賢而崇祀之則公之政事文章已足傳世不必以詩見也而即以詩論雖為比物起興而性情肫摯不矜才不使氣更有合乎風人之旨則謂　公詩之自行其忠孝也可即謂公詩之有當於三百篇也亦無不可甲寅春族兄慕

植於各誌書搜羅追遍得　公詩若干首其間各體具備乃亟為授梓以垂永久吉光片羽文豹一斑則所為繩祖武而慰　公志者謂非詩之流澤長耶維時咸豐乙卯良月初吉梨棗畢工爰喜而為之序族十八傳若瑜頓首拜撰

天山草堂詩存目錄

鄉賢何謚端恪著

五言古風

望遊武夷

河西務述懷

悼内

登伏虎臺偕王諸子

崑都聳翠

山中得家書有感

七言古風

鉛山道中尋弟不遇

太思章

五言律詩

七言律詩

五言絕句

七言絕句

附録諸家題贈

余年八十有一家弟古林自省歸里擬奉觴張樂為壽詩以却之　何士傑

郊天應制　何維椅

映日軒七夕與友人話舊　何嘉元

白裏白　二首　何瑗有

天山草堂五言古風 六首

望遊武夷

公至崇安縣長平驛時戴甘劉先生黄副憲以陞任聞公亦遲留此數日以俟未刻經武夷九曲水口公作此詩

名山久懷音廿載未緣契奉役趨八閩夙夜事公勩歲且值艱饑民復際氛沴載春歷建延夏半旋東蒞仰幸天心回蒸民蒙粒惠適擬事遐觀微軀已見逮桎梏驅前行取道歷山際黄冠挈榼迎津夫促徒揭

踟躕立斯須，默默遠凝睇。玉女肅孤貞，大王儼上帝。
望望天笠峯，翩翩天遊袂。九曲下瀠洄，湯湯亦東逝。
雲間萬木森，天末輕雲翳。玉仙不可跡，孤飛迴壓蜺。
神遊尚八極，跬步何茲滯。昔聞已勞想，今見徒增涕。
有生同如此，素位行不替。順吾隨所之，形役何累繫。
天風颺征衣，山靈默鑒諦。我心誠匪石，俛仰人間世。
無言回顧瞻，含情結盟誓。徐徐成短章，聊以紀年歲。

河西務述懷　自德州由水路行，周錦衣見衆各

憊甚取船至河西務是日途中公述懷一首

孑形寓宇内倏爾作楚囚炎蒸歷艱阻桎梏渡中流晨星迅飛馳寢食詎自由啟閶泝江淛浹旬屆長洲乘風濟江險夜半入揚州信宿達清淮桃源暮烟浮旱蝗咨蒸民聞之尚懷憂徐邳弔古蹟萬劫落荒坵三歸臺下草富貴海中漚回瞻鄒魯郊孔孟寡匹儔此身不易得此心詎能休嗟我愚戇性百念一靡酬謬誤蹈危機微軀拙為謀骨月不相顧鴻雁悲鳴秋

欲飛鳥無翼，欲渡河無舟。仰窺天日光，俯瞰江波流。
天命苟如此，吾道更何求。悠悠起長思，浩浩賦遠遊。
秉彝不易心，何須生别愁。

悼内

幽懷忽不懌，撫景嘆以悲。天地何寥曠，此身安所之。
歸雲依故岫，棲鳥戀舊枝。入閨感疇昔，欲言當告誰。
念昔主中饋，琴瑟常静好。仰事極歡怡，時享潔蘋藻。
諸子雖異乳，義方惟一道。合室交相愛，肎謂終偕老。

胡然舍我去衰顏逾潦倒豈無事一人百爾徒草草
感來卧獨遲愁來起常早儀容不可作黯黯傷懷抱

登伏虎臺偕王諸子

乘高步石臺況復值佳節悠悠媚茲幽天空真鏡澈
孤雲不可覊衆芳逞奇絕涼飆萬壑生佳氣千峯列
矯首縱遐覯知心幾賢傑我與二三子青山有真訣
萬里秋色深相思共明月

崑都聳翠

孤峯立霄漢萬木森青蒼振衣時一登流盼睐大荒
崑都自崑崙岧嶤宗衡陽屏立亙横石白雲秀東方
西樵挹我前大雁列我旁靈鬱合滇武迢迢浮大江
羅浮指顧間滄海東茫茫廣土萬餘里惟兹奠中央
衆山互聯絡奇勝獨昂揚靈竅發天籟名花吐異香
下有千仞淵蛟龍時潛藏上有千年樹可以棲鳳皇
吾生二十載躡足探孤芳結茅北山麓勝事日徜徉
竹門度幽禽松風韻清商門戶事探討默坐澄心腔

冰壺澄杜溪翠草交周窗緬然景時哲亦有崔與張
崔張日以遠江門浩湯湯泰山入青徐嘆彼道路長
決策時及早驅車歷周行今人亦古人後生當自强
壯行在幼學時發貴含章從龍雲致雨起鳳天際翔
他年紀勝蹟茲山詎能忘

山中得家書有感

昔稱陶公貧敝廬猶足依宅外五株樹餘光蔭荆扉
秋菊華三徑清露足晨暉寡性抱迂拙無營生事微

糟糠苟不失，尚敢怨長饑。但念棲無廬，依人駐庭闈。

西樵山　沉據南海縣志鈔補

赤輪躍東桑，褰帷入西麓。直矗接高岑，紆迴度幽谷。
浮海四茫茫，攢峯數六六。林翳晝長陰，雲深樹如沐。
碧水淨烟嵐，懸崖倚茅屋。老叟解逢迎，兒童喜相逐。
卜築忘歲年，問俗去寒燠。朝出餐露葉，夕棲侶猿鹿。
指點說生涯，山前茶可熟。落日下橫江，丁丁聞伐木。
迤邐白雲窩，千尋瀉飛瀑。追踪烏利巖，仙人曾辟穀。
我亦愛樵居，無緣能信宿。把酒握同心，登眺以舒目。

天山草堂七言古風二首

鉛山道中尋弟不遇

公至江西車盤驛建寍首領官及崇安縣護送官俱發同此境自此懇辭晉接未時至鉛山縣鵞湖驛遍尋諸弟不遇先是公在閩省藩臬諸君見公待罪及見疏稿時三司會差舍人陳六赴廣馳報公家公弟愷仲帶二使者王明陳昌並族兄景清等刻日同所差舍人兼程趕至鉛山地方安

歐陳六入閩回報時公已被逮至延平舟中矣即遣隨行史承王奎謝鸞先往廣信地方尋公弟不遇周錦衣見公思弟不遇憂形於色勉留此宿公書悶一首

有弟相迎道相失不知天南與地北吁嗟艱阻骨月情愁見鴻雁天邊鳴日來消息知何如臨風為汝立斯須

太思章入京時周頗作威將押解人打罵不測

其意後聞東廠有人探望嚴亦差家人沿途訪探周故有所爲公是日馬上遵法觀者如市公作一首曰太思章

陟彼高岡兮崔嵬思我父母兮徘徊生我鞠我兮恩罔極子事親兮當竭力嗟我愚兮違子職命我仕兮不家食日時艱兮填胸臆顧蒙昧兮身許國履機危兮作楚囚身莫測兮心之憂使我父母白髮愁不孝罪兮莫贖順吾命兮何求

天山草堂五言律詩 十首

遊飛來寺

寺古老於樹
雲深鳥道微
鐘鳴羣獸走
風送片帆移
挂杖青崖抹
丹心白日馳
登臺千載思
雙鬢任風吹

其二

曲澗瀉春泉
寒松帶晚煙
半雲侵客座
斜日落漁船
風細巖花靜
月明山色鮮
酣歌迷去路
倚榻欲棲禪

其三

白髮閒無事招攜峽上遊友生千古意吾道一孤舟
雲靜僧歸洞山空月滿樓探幽情不極隨處是丹邱

丁未除夕

虛窗人不寐起視夜何其斗柄遙東指梅花發故枝
寒隨更漏盡春入草堂知感激平生志殷勤正及時

乙丑守歲

寒漏催餘臘芳筵待令辰梅花看不厭爆竹聽何頻
海上青燈舊天涯白髮新豈須窮夜守明發又為春

春日喜晴沅案此首失奌

亦知樂不改況復值春晴雲散千山靜天空萬嶺清

水鳥雙雙度巖花處處明無言坐高閣終日道心生

和泉翁咏滿山紅花

茁茁滿山曲欣欣向晚紅天然自真色人事絕無功

過眼希容媚傷心乞態工幽巖將傲笑歲歲此春風

德州發書同籍 公至德州發書承差林應允舍

人萬全起馬回廣東因作詩一首

聖世開湯網皇恩釋楚囚幸承還籍命得慰倚門憂
愛日催長路停雲值暮秋天涯遊子遠歸棹敢淹留

登金山覽舊遊書懷淮陽渡江時

南北中流迴乾坤砥柱成江襟彭蠡澤山拱石頭城
往蹟千年在歸舟一劍橫狂瀾不可禦感嘆幾年平

度大庾嶺

梅關山色舊蒲石未寒盟古木堪垂釣江門好濯纓
片雲浮世界孤月淡滄溟八極神遊遠悠悠得此生

天山草堂七言律詩 二十七首

題方少保西樵山書院壁 十二歲作

幾回欲上碧峯頭，今日始登山上遊。天與斯文聊寄跡，我來心思莫多愁。乾坤萬古雲山在，世態無窮江水流。不是倚闌空悵望，居高還解廟廊憂。

奉和　封君元旦言懷用原韻

喜看斗柄轉洪鈞，柏酒椒花頌獻新。堂上椿萱皆白髮，庭前棣萼共青春。詩書世奕螽斯慶，清白家承麟

趾仁歲歲年年長此會不妨江上卧垂綸

與諸同志泛舟江門謁白沙先生故居

夢寐江門意獨深扁舟南下歷江潯黄雲影裏千峯
静碧玉樓中萬古心吾道淵源真有自釣臺風月尚
堪尋憑欄極目遥天外欲扣漁歌和此音

送弟維椅會試經金山至三水言别

共泝靈洲出海潯樽前棣萼故園心斗文萬里看長
劍吾道扁舟在素琴漠漠長天鴻影遠悠悠江水别

情深相思二月長安道早向東風寄好音

送李三洲憲副入楚

江南二月杏花飛雲夢烟深客路微雨疏欲為彭澤隱九重未許洞庭歸青簾白舫驚湍急岸柳汀蒲對曉暉往事不須憐屈賈越臺春色滿漁磯

扃院草疏用前院聶雙江韻書懷　草疏奏嚴嵩

是夜拜告天地祈格君心秉燭起草有大鵠百十噪繞庭中至翌晨一啄硯池二立公座

公祝曰柏志已定縱啄吾目當亦不止鴉仍徘徊亭中揮之復聚

院門深鎖鳥頻聲靜喚春心入帝城漫覺憂時孤夢遠敢云去國一身輕馳驅無計舒民瘼迂癖茲遊愧友生翹首瞻依天北極五雲晴炫日邊明

天津道中公在舟中忽然發歎諸役左右相謂曰何御史前日受大難未嘗歎聲今何故發此史丞王奎問吳欽李存忠以眾言問公 公

日幸蒙聖恩寬宥得全首領少可以慰父母之懷惟有弟至京全無消息獨此為慮念骨肉至情耳各慰公而退

天津一棹向南溟越客孤懷對酒傾
樹裏歸鴉浮夕照江邊飛鷺趁潮平
半生事業虛題柱一曲滄浪有濯纓
驛路飄蓬隨所適任從天意自陰晴

北江別諸親友

孤舟萬里迅宵征細雨更深寢復興
別岸數聲傳野

柝前灣幾點落漁燈 非才捧檄成何事多病匡時愧未能倚枕不勝懷土夢白雲回首已千層

渡鎮江述懷 時落職同籍次濟寧遇弟愷仲暨族兄景清各歡欣鼓舞且泣且拜公詢雙親健飯自慰喜不自勝公曰弟遠赴兄難馳驅備嘗艱苦可謂情之至矣

萬里自甘行路難雙親憂共倚門寒天邊鴻雁愁為別河上雎鳩恐獨看魏闕北瞻天浩浩楚江東望水

漫漫微臣幸有生還日帝德應同宇宙寬

其二是晚中秋值雨須臾月色皎潔公又述懷一首

萬里中秋客裏逢蟾光雨後澹秋容孤蹤遠出春明外雙雁同鳴天漢東邂逅相看悲失路辛酸各自語飄蓬酒酣却憶當年事浮世生涯一夢中

詠舊居故梅

二十年前種此梅今年閒得對花開幽香似隔西湖

近春色疑從東閣來逕裏獨宜松菊舊門前誰作杏桃猜歲寒願得天心復百卉叢中此是魁

村居漫興

閒從故里恣行遊無限江山得自由南望楚雲臨遠海北瞻庾嶺見中州寒梅破臘催春色彩鷁乘潮趁鷺洲雲白天青雙目迴蒼茫今古思悠悠

三溪印月

扁舟晚向三溪宿獨坐遙看秋水生明月澄江天共

遠雙松孤鶴夜同清眼中滚滚俱塵夢海上悠悠非
世情更欲乘槎何處是扶桑東去即蓬瀛

雨後渡珠江寺感懷集古

江中風浪雨冥冥雨後看山郭外青幾樹好花開白
晝一方明月可中庭滿堂空翠如何掃舊事淒凉不
可聽安得務農息戰鬬看花多在水中心亭

臘月同諸友登越王臺

乘興招攜入洞天洞中風景尚依然閒雲野鶴如相

識綠樹青山是舊緣在處登臨皆此樂古來塵跡不須憐請吟坐上梅花月付與山靈紀歲年

與諸生宿鎮海樓夜話

夜坐江樓月未西潮回江國已聞雞連床細語多新得倚枕應知覺舊迷志定隨時皆實學心閒到處是幽棲明朝更欲尋芳去山北山南同杖藜

鎮海樓

兀兀層巒控海樓仙城繚繞跨浮邱雲封野寺三千

界風度長空萬里秋極目星河依北斗迴瀾砥柱屹
中流登臨莫謂炎方遠鄒魯年來是此州

白雲山

登臨地迴三城盡紫翠烟深一逕微雲静九龍依洞
出臺空孤鶴向人飛千山佳氣平臨目萬壑涼飆故
拂衣悵望清秋情不極浩然回首月斜暉

菩提壇

清齋飯罷暮鐘時壇裏傳燈樹影稀僧在上方秋寂

寂月生東海夜遲遲風攜着相心先動明鏡非臺性自知卻笑黃梅留偈別三更衣鉢使人疑

五仙觀

煙霞堆裏訪仙家樓觀崔巍歷歲華芝草綠荒臺下路碧桃香老洞中花天連緱嶺從騎鶴水接銀河好泛槎客對晚涼成久坐鐘聲幾杵散棲鴉

遊南華寺用東坡韻

南華路口別多時尚逐塵勞覺已非野寺蒼松虛鶴

夢洞門芳草待人歸傳燈壇裏留僧偈說法堂前有佛衣日暮肩輿獨乘興曇花琪樹正依依

飛來寺

更從此地一維舟直上飛來最上頭犀去已知金鎖寂猿歸空有玉環留寒雲野樹千峯合春水長江萬古流歌罷月明眠碧落此身不覺在瀛洲

冬日由沙隄至磻溪山中遊覽

冬日尋芳水竹村梅花春色滿衡門平田百里牛羊

遍遠岫千層虎豹蹲遥轉松林連谷口舟行荔浦似桃源歲寒到處堪乘興白髮天南酒一樽

其二

鷓鴣山下鷓鴣啼匹馬來遊日未西雲護翠屏藏石室水沿幽澗入磻溪鄉關咫尺猶難遍詩思飄瀟可盡題對此莫愁歸路晚明朝春色更堪攜

西樵月夜感舊

萬丈松風吹客衣月明山色望霏微石泉洞古春常

在雲谷天空鳥自飛此日登臨仙犬吠十年蹤跡主人非巖花似領無言意且向樽前一詠歸

春日偕諸弟姪遊西樵

采芳猶及暮春前路入桃源洞裏天幾片晴雲臨釣石數聲啼鳥破朝烟回看世界真如幻每到林泉似有緣欲識舞雩童冠樂漫隨花柳過前川

偕陳黃門崔民部陸孝廉遊西樵經梅花館

十年重約此登臨千里良朋来盍簪龍洞水從雲谷

轉虎臺花護翠巖深論心夜對青山月攬勝朝探碧玉林偶過舊時虀粥處松梅猶傍草亭陰

海目山　沅據南海縣志鈔補

閑向江門放釣舟偶從此地識丹邱雙峯遠在波間出一水平分檻外流風遞濤聲迴砥柱樹含秋色護瀛洲憑高未盡登臨興揮筆題詩最上頭

天山草堂五言絕句 六首

西樵山居

鳥向樓前語花當檻外明閒來無一事心跡淡雙清
對鷗
漠漠橫江鳥悠悠度水雲豈知人世上終日自紛紛
還故居
嶺外沙隄里江邊水竹居乾坤佳氣在還此結吾廬

其二

東海一綠綸西疇十畝春茫茫天地裏容易寄閒人

望樵山

不到樵山久寒松幾度秋遥知湖上月長照紫雲樓

金山

月白元鳥歸山空松子落知心千載人神交付溟漠

天山草堂七言絕句三十五首

題九老雅集

公巡按八閩緣奏嚴嵩被謫歸里後僑居河南南昌何庄遂講學於天山草堂時里中有解組者八人年皆耄耋與公父通議公詩酒往来甚相得公性最孝遇有饋佳味者即白父通議公延里中八老讌集草堂中九老者達齋唐明府九十二沃泉鄧憲副八十六荔灣周太守八十三獅山周明府八

十二豫齋曾僉憲虛谷江明府皆七十二北
崖辛通府惠齋張貳府皆七十一與通議公
七十七為九老雅集云時嘉靖甲寅歲也
五仙舊在三城裏九老今同一里間春日蔬盤真率
會風流得似白香山

七夕

金風裊裊動新秋江雨霏霏上畫樓把酒憑高閒引
月天河雲影夜悠悠

其二

雨餘雲散七襄橫縹緲香車入夜行一笑茫茫天上事翻憐人世更多情

其三

星期靈匹水迢迢仙鵲羣飛合作橋良讌未終雲影亂天雞催動五更朝

其四

瑤池宴罷送將歸欲别無言意恐違一自乘槎歸去

後夜寒依舊理殘機

其五

殷勤鸞駕度金波欲展新歡舊恨多何似從前莫相識廣寒終古伴嫦娥

其六

莫云相見不從容天地悠悠共始終歲歲清宵常此會絕贏浮世歎飄蓬

其七

針樓處處鬭蛛絲幻局塵機巧有餘白髮青燈閒獨坐碧梧涼露夜窗虛

其八

秋光淡蕩碧山前清夜焚香靜不眠世上陰晴俱莫問古今離合總茫然

田家雜興

村村庄禾黍與桑麻暇日田園處處佳願得康寍足衣食更從何處覓生涯

村居懷關紫雲

欲上西樵訪舊遊，歲寒時事尚淹留。不知亦有山陰興，能過磻溪共釣舟。

山居感懷

笑看幻局自升沈，何用勞勞獨有心。坐對寒松巢老鶴，身閒贏得卧雲林。

其二

沙隄變盡舊田園，徙卜南昌自一村。三十年來成拙

計好將貽翼屬兒孫

宿沙溪舊廬遇雨

敝廬門巷草芊芊頹壁風寒夜不眠竹榻跏趺聞蟋蟀敢將心事向人言

贈鶴所兆先兆明三位從兄伊兄弟因事故分散後各引咎共歸歡酌作詩以贈

鴻雁翩翩逐隊飛有時南北各相違風回雲靜天邊合依舊和鳴共影歸

其二

荊樹同根自昔時，如何榮謝不相宜。樽前昨夜東風轉，滿眼庭花發故枝。

江村感舊漫書

亦知身世兩悠悠，何事勞勞尚未休。莫問人間醒與醉，閒情都付水東流。

其二

水流崎澗出隄西，一度臨流一度低。萬木青青山寂

寂獨憐幽谷鳥爭啼

其三

鳥啼花落總無心極目蒼茫自古今欲問幽棲何處
是青青山回首白雲深

其四

白雲繚繞度遙天萬古升沈盡目前世事悠悠何足
問從今只好學無言

舟中獨酌

孤舟獨坐出江潯，詩自閒吟酒自斟。天外白雲閒片片，笑看萬事總無心。

過歌風臺公夜過泗亭驛望歌風臺口占一首

歌風臺上漢時秋，赤帝雄圖蓋九州。世業獨憐多與仲，只今惟有水東流。

衢嚴道中口占公自常山至杭皆順水數日值大北風杭人甚苦公遂自岸行至會江驛

六月北風吹浪生，順流旬日逆牽行。天時人事每如

此誰道乾坤亦世情

會江驛夜中述懷

會江驛宿驛中荒涼役夫逃（俱逃）避夜無供飧亦無房寢處所公遇自安

浮生蹤跡豈須言此日艱難空自憐桎梏無餐亦無僕舉頭長夜對青天

雨中有感

公至無錫縣錫山橋畔絲管雜聞公雨中獨坐忽有故鄉之思

羇旅逢秋楚雁聲愁心連雨入孤城人間樂事付流

水塵夢遙憐芳草生

滄洲道中晚眺漫興

歸鴉低繞夕天紅野寺松風落曉鐘倚棹滄江成遠眺中天看月好誰同

冬日東閣觀梅

孤雲自照天中月疏影能禁雪裏寒冬日尋芳惟有此何人錯把杏花看

和宮詹黃泰泉釣舟詩

江村漁父枕漁蓑，臥聽滄浪孺子歌。一曲未終江上白，好懷偏對水雲多。

水澳橫舟西樵真景爲方文襄公題下三首同

官山山下水西頭，楊柳津前緑蔭舟。海内風濤多不定，未應長嘯獨臨流。

五龍穩睡

石牀冰簟臥龍整，分得華山枕上痕。相國勳名先版築，君王應有夢思存。

天湖釣月

靜向淵源獨鑑心秋空碧落夜沈沈漁人不費絲毫力間對清光萬壑深

翠巖流觴

千層雲谷鎖秋陰絕壁天池瀑影深洞裏乾坤誰變理樽前水月也無心

經方文襄公故居

五龍深處相公家樓閣連空鎖暮霞門外久荒車馬

道庭前猶放木樨花

西樵道中

勝日尋芳上翠岑鳥啼花落總春心杖藜到處有真
樂松嶺朝雲一逕深

紫雲樓雨夜書懷

夜坐西樵百尺樓忽驚風雨起春愁十年回首論心
事寂寞寒燈數舊遊

天湖亭雜詠次壽翁韻

獨坐山亭獨自歌月明歌罷枕藤蓑夜深翻憶十年
事學海其如孟浪何

題陳白沙先生祠門聯並書

道承孔孟三千載
學接程朱第一支

附錄諸家題贈

過讀書堂懷何古林大宗伯 長泰縣令陳景唐三水人

見說棲鸞地，流風緬昔賢。青山自今古，茅屋空雲烟。
諫草三千牘，才名二十年。思公渺何許，霜月滿江天。

讀書堂 督學蔣信長常德

古林何子總角時讀書崑都山麓，與蘭坡老人僦屋半間，編竹為垣，上覆以茅，僅容一榻，客至無坐處，三面野塘，湫陋，人不能堪，何子

居之甚適雨漏則拾竹殼葺補日夜端默靜
坐壁間書李延平先生默坐澄心體認天理
八字日顧諟之至忘寢食如是者逾年甫冠
乃還故里開南軒以專志於學豪傑之士無
所待猶興古林子方少時乃能卓然自立予
嘉靖戊申偕長沙羅子一岳蔣子自正輩自
楚逾嶺與廣諸同志遊羅浮西樵道古林子
沙漖里同出三水訪光遠陸高士過何子讀

書堂蘭城老人指示故所竹壁蕭然可想可愛題曰何子讀書堂遂贈以詩

古林深處讀書臺一榻乾坤靜裏開蘿粥自甘清晝永茅檐長傍野塘隈潛藏自是蟠龍地端默由來結聖胎今日得逢舊棲處卻憐秋早鳳歸來

其二

名公自昔藏脩地茅屋斜連水面開繞檻風雲閒白晝沿階花木淨黃埃曲肱幾見周公夢吹杖曾承太

乙夜壯志十年虛諫草台星夜照讀書臺

讀天山草堂遺稿有賦　大學士　何吾騶　香山小欖人

間披金鑑許誰同最憶先朝指佞忠九廟有靈留鐵面千秋遺草照丹楓天山堂上人猶昨風月樓頭韻轉工薑桂祇今餘粹性秩宗南去有如翁

與何古林同登崑都山　龐尚鴻

秋高扶杖覓青山竹逕柴扉許共攀紆曲路隨松澗出馳驅人向日邊還驚林玉露鳴清籟默石高談解

悟關若問浮沈江上事風塵何處得休閑

送何古林出洞　湛甘泉若水

送君出洞去信手閉三關君有陽和約一陽來復還

何古林別後有懷用前韻　湛甘泉

猶疑顏色在曉月照松關浩歎草黄落王孫遊未還

奉和何古林侍御居樵　湛甘泉

城宿盗非寂山泉亦是喧要知喧寂處動静此心然

八閩歌謡

錫祥謹案誠徵錄所載歌謠各體皆 公被
逮時閭之庶士沐 公之澤思 公之德憫
公之忠一一寄諸謳吟以抒其憂慕之誠者
也其中有歌行有填詞有古今各體詩凡皆
以歌謠概之蓋悅之故言之言之不足故長
言之嗟嘆之嗚呼 公之大有造於閭而閭
人之沒世不忘乎 公也豈偶然哉茲因蒐
公遺稿而凡當代之搢紳大夫苟有懷贈悉

皆附錄其後豈於閩人之歌謠尤懷贈之殷耳摯者敢獨遺歟爰節錄其古今各體詩而於歌行填詞二種姑存誠徵錄中以此係詩集故不便攙入別體云爾

萬里風濤險，何人競渡舟。非因根脚定，那得錦江流。
發粟知時急，輸忠為國謀。口碑聯海島，春色映羅浮。
詎意嚴霜慘，翻成六月秋。行歌牽馬首，泣別渡江頭。
蟲鳥猶知戀，烟雲為去留。乾坤如再造，端不愧伊周。

其二

聖世推時彥，公當第一人。持身法若水，秉政疾如神。
區畫公私困，調停出入均。全城皆受福，八郡盡同春。
國賦惟供正，民風俱返淳。匡時驅虎豹，經世獻麒麟。
擯斥心無怨，拘攣辱不驚。竭忠來漢使，搜直縶賢旌。
赤地誠成雪，公居偶集蠅。豈因羞落羽，不為憚批鱗。
草野長聞化，清朝待秉鈞。願言追稷契，萬古仰臣鄰。

其三

聖詔從天降民心降（載）道悲何人憂社稷公去係安危

風雨愁行色烟雲動去思乾坤還有眼應不負明時

其四

聖詔今朝下山川草木愁攀留鞾未脫泣別淚難收

赴闕馳驅急單車驛路悠行看旌直節忠烈映千秋

其五

逆鱗千載寂然無誰信留鬚表丈夫借劍尚方朱折

角開倉賑濟汲長孺平生正氣卭山重舉郡冤聲野

草枯蠅集肩輿知赦日天教社稷仗公扶

其六

使君持節按閩臺凜凜風裁百度開請劍孤忠昭日月賑饑真惠遍蒿萊攀留無計長揮淚投鼠深知重見猜煩語錦衣須愛國好將公論達堯階

其七

中宵秉燭上封書爛吐燈花鬼膽虛卻憶尚方曾借劍每懷大內反牽裾孤臣萬里心常切直節千年氣

轉舒漫道逆鱗時不測留旌檻跡[定]何如

其八

未久巡閭澤已深是非公論在民心草茅無計同天怒再福蒼生有古林

其九

送别江頭日已西攀留無計扯衣啼乾坤浩蕩應回首想起關河又轉淒

其十

嚴霜六月下榕城，白叟黄童涕淚零。為國捐軀扶社稷（賢使儘知憂國志），長遂願施好生心。

其十一

百蔵（歲）無人見此荒，蕨根搜盡水充腸。何爺若不開倉早，十室應知有九亡。

其十二

使君匹馬向神安，百折關頭幾度難。尚賴天心扶社稷，管教夫子得生還。

其十三

行李蕭蕭動去思，扁舟一葉竟何如。攀留無計江頭淚，那得音書付雁魚。

其十四

萬里飄飄驛路遙（馳驅別思迢），甘棠遺澤播民謠。高風千古人瞻仰，尤喜遭逢得聖朝。

予家自
大宗伯而外
列祖之以詩顯者不一而足要皆流失散佚蕩然無
存近因輯
大宗伯各體詩而於
列祖之詩隨所見聞敬而錄之並付諸梓庶留什一
於千百云爾
錫祥謹識

以雪裏梅詠者有泛指天下之物二白相配
詠者各錄一章以俟後訂

本来風骨若憑淩欲判雙清畫不能剡浦絮飛花片
片孤山香結雪層層澹移雲漢天無色碎落寒光月
有稜靜對前川供一賦朱門濃豔為誰矜

天然設色巧為圖淡淡晶盤映玉壺素女波間飄縞
帶寒蟾影裏弄明珠臉施粉汗看疑似額試梅粧問
有無皎潔更誇仙客跡翩翩鶴氅雪痕踪

《誠徵録》評介

何　薇

何維柏，字喬仲，號古林，嘉靖十四年（1535）中進士，歷任監察御史、大理寺少卿、督察院左副都御史，吏部左右侍郎，南京禮部尚書等職，有《易學義》《禮經辯》《太極圖解》《天山草堂存稿》傳世。在他起起伏伏的仕途生涯中，巡按福建、開倉賑濟、强諫彈劾嚴嵩而獲罪入獄，成爲最濃墨重彩的一筆，《誠徵録》所收録的日記、傳記、歌謡，均與這一時期密切相關。重鈔者何沅，是何維柏後世族孫，光緒時人，輾轉搜集問得《誠徵録》一版，在書蠹之下搶救存鈔，爲理解何維柏的政治活動保存了珍貴的史料。

一、版本介紹

此重鈔本爲綫裝，右側裝訂。封面書有『光緒二十八年、誠徵録、何沅重鈔』字，封内頁則分兩部分，上半頁爲該鈔本之目録，分别是『原叙』『救荒策』『建言日記』『臺諫逸事』『蒼蠅傳』『惠德編』和『八閩歌謡』，下半頁是何沅爲表達敬意所題的詞，序后有該詞起草時的草書版，簡要又巧妙地概括了《誠徵録》

的構成及寓意。① 正文版面四周有玫紅色花紋樣，版心頁上方標有『誠徵録』書名，中間靠下部分記有漢字數字頁碼，計五十七頁，半頁九行，共計一百一十四頁。② 同時，在版心頁第七頁、第十頁、第十三頁、第十五頁、第二十頁、第廿一頁、第廿五頁、第廿七頁、第廿九頁、第卅一頁上方空白地方，對『裝鴞』『侯官院』『所繼』等十餘處，用硃砂筆進行别字、闕字的校注，類似筆觸并對『建言日記』這部分標點斷句，結合内容，很可能是何沅在鈔讀時所爲。

何沅在《重鈔誠徵録序》介紹了版本來源和重鈔緣由——何沅少時通過家族、地方志書瞭解端恪公何維柏的事迹，請教族中伯父是否仍有端恪公（何維柏）著書之藏本，得知不僅族中久無所藏，連以往藏書豐富的逸溪公祠堂之書版亦被焚毁。何沅讀到《天山草堂詩存》（迪徽堂③刊）一卷，偶爾看到『注誠徵録鈔』字樣，認爲不能一起閲讀實爲遺憾。幸運的是，光緒八年（1882），何沅從鳳銜六叔處鈔得《天山草堂存稿》，念及《誠徵録》同爲前人所録，又鍥而不捨地遍地問詢《誠徵録》的下落。故事的轉機發生在光緒二十八年（1902），此時已距何沅鈔得《天山草堂存稿》二十年之久——他將醫館借與族弟何湛泉行醫糊口，驚喜地在湛泉的書篋發現此録，詢問之下，係由湛泉之族兄嶽南因書蠹已甚，交于湛泉重鈔保存。隨後何沅一同鈔之，細查書篇折角，知悉此版爲迪徽堂鈔版。爲此，他感嘆道，嶽南之子不讀書，却將此書給了湛

① 該題詞無標題，爲七言詩，内容是『濟衆鋤奸一片誠，幾人著録表忠貞。多情鳥鳥憂孥戮，無限蒼蠅解送迎。神語端嚴心已悟，聖恩浩蕩罪惟輕。曾蒙惠德登堂拜，想見閫歌載道聲』。

② 内頁上方有黑色阿拉伯數字手寫頁碼標號，疑爲後人藏書所添加。

③ 迪徽堂是何錫祥堂號，有學者考據稱《誠徵録》最初鈔録者是何錫祥，此觀點見吴勁雄《新見何維柏著作清鈔本三種》一文。

泉，讓書籍遇見了珍惜它的人，是神靈呵護所致。① 何沅不惜筆墨細叙該版之由來經過，其喜悦之感溢於言表，亦可見該藏本之珍貴和稀有。

二、主要内容

鈔本原序并無署明時間，由『天子相繼』『甲戌』初步推測爲萬曆二年（1574），即萬曆初年所成。此時，在何維柏曾巡按過的梅溪邑（福建閩清），當地老人『口誦先生德政者，猶歷歷如目』，故存歌謡甚多，邑政陳良節先生將之輯録了下來。然而爲該録作序的大司徒鍾陽馬公和大參藩前内翰雲竹王公二人的序文，許是失傳，未被重鈔録，無法進一步分析。現就重鈔本内的主要内容作出介紹。

《誠徵録》爲多人所著，按作者可分成兩部分，前一部分是何維柏提出的《救荒策》摘録和他的建言日記，后一部分是他人爲何維柏立傳作書，以及八閩鄉間流傳的相關歌謡（或藝文）。材料角度多元，呈現出何維柏的心理、行爲，由此得以觀察明代中後期的政治生態。

《救荒策》一篇，何沅在重鈔時標注了『有闕文』，應是其他文集已有收録。面對福建饑荒場景，主政者何維柏提出了三條救荒之策：一是嚴禁商賈販賣糴米，二是分等級救助貧困書生，三是禁止地方上的奢侈公費開銷（如宴會、民間扮演、裝彩、競渡），尤其是最後一項，被何維柏認爲是災荒之根由。② 該策略透露出

① 《重鈔誠徵録序》，《誠徵録》，何沅鈔本，第 111—112 頁。
② 《救荒策》，《誠徵録》，何沅鈔本，第 117—121 頁。

省級官員對於饑荒的社會成因、市場與供應之間關係的認識。

《古林何公建言日記》一篇，何沅最爲重視，專門標注句讀以識，足見此類史料之珍貴。日記覆蓋的時間從嘉靖二十四年（1545）正月十三至十月十八，并非每日記録，而是選擇與進言獲罪相關的經歷撰之。其中，有兩個方面的描寫值得關注。

一是以何維柏的角度還原了官員的心路變化，展示了何維柏的堅韌個性和人文關懷，比如在被拏械進京的途中遇到王姓士大夫，何氏回應士大夫的寬慰之言，答曰：『吾人行乎患難，與富貴貧賤，境迹不同，而心則一，居易俟彼非有餘，此非不足，豈有所試而後爲哉？』① 表示不會因爲境遇變得容易或困難就改變初心。他的『心體合一』使之渡過了幾起幾落的官場沉浮，甚至在其被關押入獄之時仍與周訥溪講學，②豁達心境至此。更讓人欽佩的是，押解路途中，何維柏依然保持着對夫役的關心和體諒，聲稱自己腹痛欲尋安歇處，巧使押解的周百户長安排船只，使『人役無累』，皆因『岸行二十里，人役渴死者三』，③何氏的處事智慧可見一斑。

二是跳出何維柏的自述立場，從明代官員的個人活動來觀察政治運作的邏輯。日記中記載，何維柏于二月十二寫下時務疏議五條，其中一條便是罷黜奸邪以警臣工，炮火直指嚴嵩一黨，至四月二十八，何氏知

①《古林何公建言日記》，《誠徵録》，何沅鈔本，第 147 頁。
②《古林何公建言日記》，《誠徵録》，何沅鈔本，第 166 頁。
③《古林何公建言日記》，《誠徵録》，何沅鈔本，第 153 頁。

悉三月十六之條陳五事已冒瀆天聽，后又至六月初四方才接到獲罪敕書，[1]該過程從側面反映了上傳下達的時間和效率，以及官員獲取信息的渠道。而後，六月初六起至七月十九的日記，相當詳細地記録下福州城百姓淚别官員的場景、押解何維柏進京的水陸路綫選擇、押解途中接見的官員及這些官員所作詩文，同時也記録下何維柏寫家書附同年、與族弟溝通信息等細節，[2]能在『桎梏加身』的情景下，保留下如此完整的日記，證明了明代君主的治理邏輯之下存在着足夠的周旋空間。日記剩下的部分解釋了何維柏爲何最後被『打八十棍，革職發回原籍爲民』的朝堂辯論，以及返鄉經過（七月二十六至十月十八）和善後事宜（如發放津遣資給福建差役）。[3]

《臺諫逸事》《蒼蠅傳》《惠德編》三篇均爲時人爲何維柏所作。《臺諫逸事》出自仙居縣林應騏，以『夜鴉』『青蠅』等自然事物來解讀何維柏進言之舉，謂『何君乃能托鴉以告保身之哲，托蠅以明讒人之冤』。《蒼蠅傳》作者是高明縣羅一中，《南海縣志》雜録亦有收録此篇，文中以蒼蠅生於天地間、藐小却不可測識這一生靈作比，結合何維柏被逮捕之時，數以億計的蒼蠅『朋飛薨薨如泣如訴如鱗斯砌止於輿止於桎梏』的畫面，歌頌了何維柏爲人處事的真誠，并用『天地萬物一氣噓吸，至誠感通無間幽遠，兹蠅也，人第知人、物效順之機，而不知公之至誠，徵應也』一句點出了《誠徵録》的名由。《惠德編》則是何維柏的門生羅欽顔記述何公歸居五羊城廣州講學的事迹。

① 《古林何公建言日記》，《誠徵録》，何沅鈔本，第125—135頁。
② 《古林何公建言日記》，《誠徵録》，何沅鈔本，第135—168頁。
③ 《古林何公建言日記》，《誠徵録》，何沅鈔本，第168—180頁。

《八閩歌謡》輯録了謡二十首、歌七首、行二首、碑三則和詩十四首，書寫何維柏在福建的政治建樹，稱頌其直諫、愛民的品質。除了各類方志援引的『三水鳳、參天柏』之外，這部分展現了更豐富的民衆視角。

三、該書價值

作爲明代官員的日記，其史料價值不言自明，爲瞭解何氏生平、撰寫何氏年譜提供了重要的參考和補充，從而幫助理解明代官員的社會網絡、國家治理邏輯等議題。而回到史料生産本身，一本書的生命史，著述的生産複製、傳播流通、閱讀利用和保存維護等各個環節貫穿其中。重鈔者何沅和他的端恪公，相隔三個世紀，却能夠在《誠徵録》的平面上，發起跨時空的對話，仿若同在。何沅曾于光緒十四年（1888）與康有爲同路赴京應順天鄉試，不售后回鄉行醫，①機緣巧合之下，十四年后讀到了先祖族人何維柏的《建言日記》，讀到了直言進諫的赤誠，讀到了逆境中的堅忍，讀到了被貶回鄉講學的淡然，是文字傳承的力量使然。

① 吴勁雄：《新見何維柏著作清鈔本三種》，《圖書館論壇》2017 年第 8 期。

光緒二十八年

誠徵錄

何沅重鈔

原敘
救荒策有闕文
建言日記
臺諫逸事
蒼蠅傳
惠德編
八閩歌謠

題詞

濟眾鋤奸一片誠幾人
著錄表忠貞多情烏鳥
憂拏戮無限蒼蠅解送
迎神語端嚴心已悟聖
恩浩蕩罪惟輕曾蒙惠
德登堂拜想見閩歌載道
聲

後學何沅敬題

重鈔誠徵錄序

沅少讀府縣志吾家
端恪公本傳敬悉
公巡按八閩發倉賑飢存活數十萬人及劾嚴嵩被
逮士民遮道號哭矢為歌謠有誠徵錄以傳
公又著有易學義禮經辨太極圖解天山草堂存稿
及編陳白沙言行錄傳於世因請於
瓚卿伯父曰
公所著書目今坊間架上所無第不知族中有藏本

否耳承　示族中久無藏本聞
逸溪公祠堂從前舊藏有書板甚多悉為
公之後人某作薪燒燬矣因岀天山草堂詩存一卷
命沅讀之且曰
公之著作此其一班也詩板由迪嶶堂敬刊今板亦
燬族中所存當是三五卷耳沅受而歸隨手鈔一卷
見題目之下間有注誠徵錄鈔附字樣竊以不得誠
徵錄一讀為憾迨光緒壬午之歲幸得
鳳銜六叔袖天山草堂存稿鈔本示沅曰此書幸而

遇我不然又飽蠹魚矣沅受而讀之且驚且喜並蒙
示以此鈔本之緣起見重鈔天山草堂存稿後序茲不贅述相與歎息
者久之當經重鈔一部藏於書笥以待後之能讀書
者又竊念前人輯天山草堂詩存猶有採及誠徵錄
者則斯錄當有存本也於是遍問書肆無有應者還
訪族昆無有知者久已付之無可奈何今年春旋里
欲藉醫術為餬口計借館於族弟湛泉於湛泉書篋
得鈔本梅妝閣集及斯錄也不禁狂喜旋問於湛泉
曰此兩簿書得於何時湛泉曰昨年族兄嶽南攜來

與我曰此兩部書蠹蝕已甚暇時當再鈔以傳云梅妝閣集我已重鈔而誠徵錄則未也沅曰余亦兩重鈔之於是細閱書篇摺處上有誠徵錄下有迪嶽堂敬錄字樣始悉乃迪嶽堂重鈔者也設嶽南不出以與湛泉則終藏嶽南之家而嶽南之子不讀書誰從而寶之勢必至湮沒不存而幸也嶽南出斯錄與湛泉後嶽南不久即歸道山想必有神靈為之呵護斯錄致使沅得而重鈔復傳於後也沅今雖目力不足然亦可勉强從事今幸鈔竣為之記其緣起如此至

於譌字之校讐及鋟板以流傳則俟後之有志者是
爲序
光緒二十八年歲次壬寅六月己丑朔後學何沅序

濟衆鋤奸一片誠哉人著錄表
忠貞勇情烏鳥憂掌戮無恨
蒼蠅解送迎神語譌嚴心己悟
聖恩浩蕩罪非輕曾蒙恩德
登堂拜想見林性閣歎兆載道超拜

丙午五月後學何沅敬題

之諸君無重予累哉　己矣未幾
先皇帝
今聖天子相繼起先生　效竊喜公論大明諗慰民
望歲甲戌效署學羅陽濱海士庶夙被風化尚爾
弦頌四溢繼轉梅溪邑之故老口誦先生德政者
猶歷歷如目前事邑致政陳君良節素受知先生
存謌謠甚詳為之次其先後而大司徒鍾陽馬公
大參藩前內翰雲竹王公又從而序之夫以二公
為之序匪獨先生盛美因錄以傳將俾後之師先

生者皆得取證於是則斯錄也固所以垂訓後世

者也遂不稟命并日記時事賑濟事宜

沅案此上當是原敘

委平糶各員役先將該縣掌印正官暫行住俸管
事承委佐貳首領及該倉官攢通候監提聽問各
該吏斗級人役查實通行枷號通衢示警通候另
行明文至日究問發落其目今所委員役通責令
該府正官慎選委用各衙門佐貳首領儒學教職
及千百戶陰陽醫學義民等官擇其平日信行為
人信服者一體委用悉照遠近日期備處廩糧及
扛擡銀槓人役一體量給工食務期周贍庶可責
成不擾下民支給廩糧工食數目開註冊末以備

總查

一通過糶看得延建汀邵各府以地方災歩百姓蓄積頗饒府縣長牧故禁商賈不得販糶此是守土父毋各為其民之意本院廵歷一省地總全閩軍民錢穀皆在管轄孰得而遏之況周急助恤隣里同情遏糶之禁伯道所恥合行各府縣各該官吏明文至日毋得仍前禁遏自取參咎

一優寒、士看得四府地方災傷軍民仰哺本院豫處賑濟有條緒矣念各學諸生中間豈無貧乏之士仰事俯畜既自苦於不贍父兄供給難責望於此時束手忍飢更宜優助仰各府通行各縣提調官督同各學師生查報本學生員提調官催給應得廪糧支給外其增附極貧者每人支銀一兩五錢次貧者人一兩稍貧者人五錢該縣覈實封付該學給送以助紙筆燈油之費毋得遲緩及各學諸生人等宜體本院至意各宜從實協同公報毋得扶同冒濫隱瞞貽玷儒紳支給完日備開貧生姓名支過銀兩數目造冊並繳查考

一禁侈費看得該省近二年連遭凶歉倉庫隨在空竭軍民嗷嗷仰哺本院得於諮詢切於見聞夙夜煩憂靡遑寢食議處錢穀擘畫周濟未知何術而可合屬文武官員俱荷地方之責士庶軍民更切桑梓之情所有簡省事宜合申飭同心脩省共回天意自今以後凡歲時節序下司勿得拘襲舊套各送上司節禮及當行公宴須從減約毋侈尚珍異華美及扮演戲劇裝鷁競渡等項邪侈之習在有司則為靡費民財士庶則為暴殄天物皆兆

災致異之由也按察使通行嚴禁各衙門不許辦送合于上司節禮毋得肆行宴會民間扮演裝綵競渡等事違者提參拏問治罪及有淫蕩戲子亟行屏逐

沅案以上當是救荒策

古林何公建言日記

嘉靖乙巳正月十三日自三山出巡延平

二月初二日至建寍自念馳驅無效涓埃且中外官

邪民病日甚一日目擊時艱欲上封事以祈感格

十一日於扃院設香案拜告

天地祈格

聖心

十二夜起草時大鴉百十噪於亭中至第四款則三

鼓盡矣鴉益環繞嘈嘈叫號千百其聲公問左右

對日烏鴉晝間有之無如此之多亦未有夜噪者翼晨出拜庭下見羣鴉集堂上一啄硯池二立公座公祝曰柏志已定且拜告
神明安敢有負縱啄吾目當亦不止鴉乃徘徊亭中揮之復聚公用前院雙江聶子韻書懷一首
院門深鎖鳥頻聲靜喚春心入
帝城謾覺憂時孤夢遠敢云去國一身輕馳驅無計紓民瘼迂癖茲遊愧友生萬里瞻依天北極五雲晴炫日邊明

時公上獻愚忠陳時務以保治安疏條陳有五茲錄其一

一點奸邪以警臣工竊惟相臣執政與國同體任用匪人則憑藉靈寵擅作威福植黨罔上懷奸誤國君子必被其禍生民必罹其毒天下治亂升降之機全繫於此臣謹按少傅兼太子太傅吏部尚書謹身殿大學士嚴嵩陰憸蠆毒貪鄙狠詐濫竽禮秩久騰物議忝竊宰執大拂輿情前後諸臣白簡之所擢數阜囊之所鳴攻既詳且悉然而尚玷元僚未遭顯斥任重而惡愈縱人畏而不敢言此豈

聖嚴明威故為曲全之者哉良由嵩之為人柔態奔
阿巧佞變詐　陛下或覘其動趨勤給順承足託
則量其或不能為惡故始〔姑〕而用之繼則信而任之
又以大臣任重體尊不可輒以人言斥罷故委曲
保全　臣　敢不將順若以事無大關涉所利在嵩而
所損不在　朝廷所惡在嵩而所憂無預　社稷
則　臣　何敢冒死以瀆　天聽但其所係害大禍深
臣　當言責義不容默夫宰執大臣　臣　姑存大體不
必指摘細事直論據大端自可備見其惡嵩自秉

政以來藉寵而懷奸盜權而植黨阿附汙合者則援之以進用守正忤己者則擿之而貶斥無辜善類每被中傷平時物望動罹譴黜貪夫贖客多出其門牙爪腹心分居要路致使外而憑依小人有懸其貌像挾勢以縱貪内而附趨鄙夫多聽其頤使濟惡以黨害恩市私門氣燄中外天下徒知畏嵩之奸黨而不知有

朝廷之公法此其嫉賢害正作福作威懷奸蠹國嵩之罪大也前歲諸臣奉旨

廟議嵩陰主邪說將以謟惑　上聽傳之中外士論
切齒仰賴　聖聰天縱明物察倫　尊尊　親親
凜不敢犯其說遂寢及檢討郭某至京得其頤指
遂從而倡其議太僕寺寺丞某又從而附和之幸
聖上洞燭邪奸明命震赫　下旨云這追典禮自有裁
制再有輕議奏擾的拏問重治欽此既奉
明旨仍敢故違輒又陳奏及為　七廟解以進觀其
廟解之辭有曰桓僖親盡無大功德而魯不毀故天
火之近者天災豈無從始是何言也逆天悖倫是

可忍也孰不可忍某小臣也廟制大典不許再
議若非嵩陰主要結於中則某邪悖不道之言安
敢以屢瀆再攙筝問
聖旨尊嚴若非嵩維持庇護於上則郭某違
旨罔[redacted]上之罪何得以倖免向非 聖上明健中正洞
察羣枉則嵩幾誤
陛下於干倫斁典而天下後世以[redacted]陛下為何如主
嵩之悖逆欺罔其罪又大也原任副都御史某年
老衰庸拜跪艱扶已不堪用嵩乃力而薦之

陛下速之使來秩之貳卿而不任以事已洞見嵩之詐矣今任通政使某貪鄙小人罷黜已久乃潛投京師厚資賽鑽嵩納而豢之既而薦用之跡嵩之所為大抵其嫉賢妒能如李林甫其陰害忤己者如盧杞其藉權寵納賄積如鄭注其與近習盤結如元載其詐悖險毒如史嵩之在廷臣工有一於此則宜亟在誅絕之科況身兼眾惡罪浮四凶豈尚可居弼丞之位　臣疏遠孤立與嵩絕無纖芥之嫌今首論其罪則禍且不測忍輕生以希儌許之

譽臣愚竊謂自古奸權當政若察識不早必至誤
國追鑒往事未嘗不痛於林甫諸人也目擊時憂
心懷忠憤興言出涕不容自己仰望
陛下俯諒臣心詳察臣言盡取前後諸臣論劾章疏
叅考其罪狀始末乾斷雷厲將嵩亟賜罷黜責其
令致仕某斥逐某仍行法司拏問以為奔競無恥
違
旨欺罔者戒庶內外大小臣工俱知惕懼感服奸黨
畏遯而公道昭彰法紀日振而

聖治清明此實忠社之福也伏乞
聖明詳察此疏略有刪節原稿載天山草堂存稿中統記
三月十六日出本差行都司承差應潮賫進止是奏
啟二揖揭帖數本別無書柬先是數日差承　朱
尚賢別賫地方事宜情本冊並揭帖及酬答各同
年通問書柬四封所言與封事並不干涉見於後
四月十二日還福州
二十八日侯官院申雷擊預備倉廒棟柱案行合屬
同加脩省公自言待罪其略曰今年三月十六日

條陳五事已冒瀆
天聽計今賫進正在此時上陳
御覽遠地小臣義當待罪除批答詳議庶事並內外
關防施措舉行益加敬謹不敢懈怠所有一切煩
瑣諸務暫宜節省合屬官吏除有公事外餘並免
揖庶澄心齋宿以俟
明命
六月初四日裏面噉堂外面將擊鼓聞堂內聲乃止
報畢令各官吏退出二門之外將所發公文三司

首領等官通領出命阜隸權閉二門公即退堂盥
手遙瞻
北闕行五拜三扣頭禮畢拜祖宗父母乃更衣出是
日三司府縣各官及鄉先生舉監生員諸民人等
入晤穿堂各官退即閉中二門留東小門側坐穿
堂令生吏等收拾各日見行箱篋文卷簿籍等項
並先查收交代文卷牒文逐一查對填定日子鈐
印完備及原貯衣服書籍前後交代卷箱通發出
堂上令府縣官三司首領巡捕等官公同查對發

按察司收貯即請封印請出

敕書四道　精微批一道　印一顆置之中堂

初六日早報至午間公徒步入城詣市舶府設

龍亭香案俟於大門内東三司各屬俱齊入宣

旨畢即就縛入旁室時耆老生員軍民人等數萬號

呼涕泣載道公但愧感而已

初七日士大夫等哀求周錦衣得入見公人人淚下

如雨至晚不絶是夜公籠燈作家書及與友札數

十幅書云六月六日奉

旨拏械赴京柏也蠢愚迂直
上無補國家之事內徒煩父母之憂長途桎梏冒暑
兼程一身譴咎實所甘心獲罪於天無所禱自作
之孽不可追事已至此安適順受臨事就縛方寸
定靜不自擾亂强飲食學易以行素乎患難無所
悔尤平生學問至此頗覺得力特念　老親在堂
忽聞賤子之報憂悶煩蒸恐致傷情則柏不孝之
罪終天莫贖惟望　尊執時賜枉顧多方爲我安
慰　雙親得保無恙則柏雖萬里待罪而憂　親

一念可幸無虞至於恤顧我後照拂門祚此則
丈人之誼鄙陋之控私也
初八早公同錦衣百戶周珊趨程出郭跟隨承差李
存忠林文應胤劉春吏王銓陳芳吴欽行時聞四
方之士哀泣之聲所不忍聞擁出三山時聞另差
東廠校尉嚴良弼等數人託以別項公幹人役在
三山驛歇同來拜別於此乃先起行令左右勿説
自驛出西域内軍民人等不可枚舉士夫如王雲
竹許芝南諸公相慰且泣其軍民呼叫聲如雷淚

如雨舉手拊胷搴簾捉轎旋轉數次途中綠色小
蠅飛擾十餘里外行至荷亭四學生徒雲集涕泣
扳轅不絕官校周珊趙鵬等無奈蜂擁執棍逐截
而棍竟為人奪既散而復聚且呼而復泣時有衛
所武職縣之耆義皓髮深衣持杖哀喊愈久愈厲
衆愈擁號訴怨慕聞之悽慘雖官校亦為涕泣越
荷亭至芊原驛約三十里老稚攀呼各衛軍旗聯
絡整隊且泣且挽舉貢監生監員亦以千計奔送於途
哀訴之聲俱云仁德青天我的烏臺愛軍愛民救

民之命我的烏臺途中一里巷數十家老嫗寧子
女人等各手執香送公喊皇天皇天爺能救得我
我不能救得爺軍民以數十萬計共執大旗標大
字曰軍民義送其哀號涕泗一如縣之耆耋凡經
過沿途耕種男婦行市之人皆泣叫道旁即旁校
輸役人等無不墮淚公曰慚無涓埃臨難有此惓
惓不忍舍之至情豈不愧感士夫舉監生員俱至
舟中相別公慰之曰諸位致意高誼罪人何可克
當只自誓不敢負

朝廷不愧所學為諸君謝爾者民人等不已萬計拜於江滸長篇短韻童謠民歌數百餘紙俱北來官校使人收拾隨行承差僅什數章及閩人續抄寄者舟發時諸色人等惆悵徘徊皆不忍去嗟吁亦可見人心秉彝之良至矣是晚經白沙驛姜巡撫艤舟候别三司及府縣於此辭去

初九日晚至水口驛宿

初十日午時至黃田驛從陸至茶津驛是夜公見護送者之艱難地方之煩擾不覺感涕

十一日未時至延平府
十二日寫家書附同年鄭叅及黄節推所差鄉人蘇
滿帶同是日未刻起行司道並延平府議委押解
張千戶豹並選差舍人萬全俟謚劉淮張元批送
跟護赴京是晚至大横驛宿生員林大震等先在
延平至此候送拜泣不起
十三日至建寧府官吏耆老軍民人等皆出道遠迎
生員數百迎於道左見周泣曰願公扶持忠義周
曰唯唯公入後院遊亭亭係公僉憲條陳所也劉

廿二都司及錢守與各屬官入見鄉士夫范李楊朱暨各學生員聚者如市周見人衆拒之諸生咸曰吾輩平時讀史籍見前哲類此事者皆為泣下拊髀下拜恨生不同時今親見其人豈得不見且拜且哭且擠且入遂大班入見大聲舉哭於亭之内舉人楊應詔語甚慷慨出詩四章贈公

十四日早起程周錦衣對公曰福建士民感公德澤懇切若不早行頃復擠塞載道矣出門時尚四鼓然各色人等追送城頭蜂聚不止申時至建溪驛

建寧崇安二縣着老生員人等俱候送於道周柜不
見惆悵院驛之外萬計三更至興田驛宿
十五日午時至崇安縣長平驛時戴甘劉先生黃憲
副以陞任閩公亦遲留此旬日以俟未刻經武夷
九曲水口公作望遊武夷詩一首
名山久懷音廿載未緣契奉役趨入閩夙夜事公
勤歲且值艱饑民復際氛沴載春歷建延夏半旋
東莅仰幸天心同蒸民蒙粒惠適遐擬事遐觀微軀
已見逮桯桔驅前行取道歷山際黃冠挈榼迎津

夫促徒倚踟躕立斯須默默遠凝睇玉女肅孤貞
大王儼上帝望望天笠峯翩翩天游袂九曲下瀠
迴湯湯亦東逝雲間萬木森天末輕雲翳玉仙不
可跡孤飛迴塵蜕神遊尚八極駐步何玆滯昔聞
已勞想今見徒增湶有生同如此素位行不替順
吾隨所之形役何累繫天風颺征衣山靈默鑒諦
我心誠匪石俛仰人間世無言回顧瞻含情結盟
誓徐徐成短章聊以紀年歲
是晚一更至大安驛宿三山驛解至廩給銀兩公全

發回建寍府查照貯庫公用作正支銷仍具申接
管巡按知會查考運司及郡武等官送盤纏銀兩
及建寍鄉士夫致贐追送皆却不受
十六日辰時至江西車盤驛建寍首領官及崇安縣
護送官俱發回此境自此懇辭晋接未時至鉛山
縣鵞湖驛遍尋公諸弟不遇先是公在閩省藩臬
諸公見公待罪及見疏稿時三司會差舍人陳六
赴廣馳報公家公弟愷仲帶二使者王明陸昌並
族兄景清會同所差舍人兼程趕至鉛山地方安

歇陳六入閩回報時公已被逮至延平舟中矣即遣隨行吏丞王奎謝鸞先往廣信地方尋公弟不遇周錦衣見公思弟不遇憂形於色勉留此宿

鉛山道中尋弟不遇公書悶一首

有弟相迎道相失不知天南與地北吁嗟艱阻骨肉情愁見鴻雁天邊鳴日來消息知何如臨風爲汝立斯須

十七日午時至廣信府葛陽驛太守傅子應詔與公同年僅獲一面

十八日巳時至浙江常山草萍驛時中站遇一士夫姓王者問公曰公何桎梏若此聞昔之名臣遭難者多去此具公曰此乃

朝廷法也朝廷與之冠服則美而服之柏今桎梏乃

朝廷之命也敢不慎諸王又慰曰公遭此一變萬一得無虞則後來百事益可放膽為矣公應曰公此言非心體也吾人行乎患難與富貴貧賤境跡不同而心則一居易俟彼非有餘此非不足豈有所試而後為哉王感媿歎息而别是晚未晡至常山

廣濟渡驛駐又遍尋公弟不見時沿山尋不遇意
其先過常山心益惶懼公曰切念吾弟遠赴兄難
至此不見誠恐其抱憂至病先回或有不測為之
奈何諸從行人見公憂弟至意恐生疾病再三寬
公公亦以萬里孤身天暑縲絏不敢過悶勉強自
釋調攝微軀奔赴
朝廷之命是晚發舟常山尹程子一鵬潮人也周旋
在院
十九日午時至衢之上航驛守楊子係公同年西安

尹魏子春楚人二君皆餽贐不受魏送一小書露
封乃其平時東三四幅公乃留之
二十日辰時至衢州府龍遊縣亭步驛尹錢子仕餽
程不收周代受之
是日戌時至蘭谿縣瀔水驛尹徐子紳先候於此燈
下再三請見公辭遂止
二十一日午時至嚴州府富春驛守張子標公同年
建德尹林子以良卿同年俱至舟中前後所繼地方
多公同年及素不相識者皆有懇懇欲會且多致

臚公皆辭謂待罪不敢應接人事周錦衣再三代
諸舊致懇相見公請辭周代受錢尹下程轉送於
公公曰此豈罪人所宜受也周曰公太古執受之
何害時一校尹繼高者自閩伴公同舟相處見公
起居不苟即為公懇懇答周曰我前後奉
旨差官甚多惟何御史神氣不動心事不欺今日只
是罪人不作官樣渠不受人禮物不喜與人接見
甚得待罪守法之禮何苦强他受禮强他接見尹
語畢周唯唯尹將所送下程搬還錦衣舟中自後

皆不敢强公可見人心之秉彝有如此者
二十二日至桐盧縣桐江驛尹趙子惟卿出接不見
自常山至杭皆順水數日值大北風榜人甚苦公
遂自岸行至會江驛
衢嚴道中公口占一首
六月北風吹浪生順流旬日逆牽行天時人事每
如此誰道乾坤亦世情
晚至會江驛宿驛中荒涼夫俱逃避夜無供餽亦無
房寢處所公遇自安

公夜中述懷一首

浮生踪跡豈須言此日艱難空自憐桎梏無餐亦無僕舉頭長夜對青天

二十三日會江曉行述懷一首載五言律內時一校梁如岱頗精詩義竊見公詩稿梁即泣下與尹校日何御史到此時尚能為此言真忠肝也

午刻至錢塘驛未刻至浙江驛三司出看周直達公旁館一見

二十四日自杭取船嘉興守蘇子朮陽朔人公舊同

臺也至晚一見同知程子默遣人致贐不受是晚
至崇德縣宿
二十五日自縣起岸行二十里人役渴死者三周不
憫恤公至小亭對尹繼祖梁如岱二校說時值天
氣炎蒸願與周說取船以便人役二校即道公言
周默不答一校趙鵬沿途多擾馹遞或從陸或取
船皆由趙意且云役人之死是命於吾何預至中
站鎮集所在中火公曰腹痛不欲飲食問所在寢
二校忙甚謂周曰何御史腹痛且尋安歇周不得

已取船故人役無累

二十六日至蘇州府守范慶公同年来舟中一晤且言松江守何子繼之前數日遣吏持書及賮候送旬日公託范善辭皆不接范語畢即出強公只收白米一斗

二十七日至無錫縣山橋畔絲管雜聞公雨中獨坐忽有故鄉之思自述一首

羇旅逢秋楚雁聲悲愁心連雨入孤城人間樂事付流水塵夢遙憐芳草生

二十八日至丹陽縣

二十九日至鎮江驛守林子華尹茅子坤意甚懇懇坤亦入見二禮不受林命善卜者課龜兆特令左右語公公默不答遂渡江官校因有覆舟之警祭波神乃渡鎮江

七月初一日自楊州起馬

初六日至徐州

初十日未刻至汶上縣周至此載酒吹笙公三辭不赴公曰罪人聞樂不樂遂罷鼓吹公强至僅一飯

先回
十一日至東平州
十二日至高唐州一州吏目桃源人出數十餘里迓
公於途說左右曰我不是来接錦衣来見忠臣至
州人見公遂出與錦衣曰天為吾皇扶社稷肯教
夫子不生還
十四日至德州宿
十五日自德州由水路行周見衆各憊甚取船至河
西務是日途中公述懷一首

孑形寓宇内倏爾作楚因癸蒸歷艱阻桎梏渡中流晨星迅飛馳寢食詎自由啟閩沂江浙浹旬屆長洲秉風濟江險夜半入楊州信宿達清淮桃源暮烟浮旱蝗沿蒸民聞之尚懷憂徐邳吊古蹟萬封落荒坵三歸臺下草富貴海中漚同瞻鄒魯郊孔孟寡匹傳此身不易得此心詎能休嗟我愚戇性百念一靡酬謬誤蹈危機微軀拙為謀骨肉不相顧鴻雁悲鳴秋欲飛鳥無翼欲渡河無舟仰窺天日光俯瞰江波流天命苟如此吾道更何求悠

悠起長思浩浩賦遠遊民彝不易心何須生別愁

十七日至天津衛過直沽口官校焚香禱神尹繼祖向公曰祖雖賤役亦父母生成前來福建告許天醮並申啟祝祖先數日在舟中問諸役取公年庚蓋亦為此也公感人如此

十八日至河西務官校收拾還京跟隨及舊外班一役不忍棄去時途中關賚本二承俱拏入錦衣衛監拷究故憚之

十九朝自河西務起行入京時尹繼祖早起公只一

役在旁且去自討驢口繼祖為公收拾行李是日
午至中站午飯周頗作威時將押解人千户舍人
打罵不測其意後聞東廠有人探看及嚴亦差家
人沿途訪探故有所為也公是日馬上杻繫觀者
如市公作詩一首曰太思章
陟彼高岡兮崔嵬思我父母兮徘徊生我鞠我兮
恩罔極子事親兮當竭力嗟我愚兮違子職命我
仕兮不家食日時艱兮填胸臆顧蒙昧兮身許國
履危機兮作楚囚身莫測兮心之憂使我父母白

髮慈不孝罪兮莫贖順吾命兮焉求

是夜二更方至京城南門外周錦衣及二校姓趙梁者皆下馬別公三更至崇文門外東河沿時與尹繼祖至河沿頭舊館入林二家再三不納不已晋接且悲且慰眛爽公至錦衣衛門外相從諸役先至京者俱竊候於衛門外公至皆涕泣送公入獄至此蓋見人心頃刻諸從皆避獨尹繼祖送公入提牢廳須臾梁如岱趙鵬二校官俱至周珊百戶是早具題復　命

二十日入提牢獄中候 旨
二十一日未刻得
旨發監與周掌科怡同監周號訥溪公舊友也公入
獄時監拘桓拘束甚嚴急時有緝事者三人東廠
校尉至獄中詢公曰汝年歲若干父母何如兄弟
何如在福建巡按久近何如公一一正對
二十二日早便過別獄得見楊子爵號斛山在南獄道
長劉子魁號晴川在東獄郎中尹子相號介石吏
科都張子堯年號龍岡工科都給林子進塑號虛

芸双門[illegible]昌

江户科都諫桂子榮號近山福建道御史俱與晴川同監七十餘日四子因公事被逮僅能舉手致意不開敢面敘楊劉二子亦時時竊過問公起居至午取出鎮撫司鞫究刑杖先是公差應潮賫本並無書柬朱承差因賫別本有揭帖都察院書五封俱是答柬一送林虛江一送張龍岡二送兩翰林俱同年一送何都事乃閩人尹與桂並無書亦素不相識尹在吏科因將公本畫行貼報抄者觀者如市故嚴甚怒遂疑公有私書囑尹貼報及桂

因掌福建道巖因聞有立案之説遂請
旨拏尹桂二子因尋訪賫本承差責令供報私書俱
被拏拷究並云無書與尹給事桂御史只有書與
張林二給事及二翰林一都士耳遂並逮張林二
給事餘非言路姑置不問取原書上經
御覽書云公只備述八閩軍民饑饉之狀及道素餐
無補之罪而已並無條陳本内干渉
聖意稍解然二子已被逮須待公至乃可鞫對尹程
桂委與公不相識並無通刺與情可稽將張林二

書叱對委與本内事情全不相涉時鎮撫張周二人專聽川指酷為羅織棰敲刑逼特甚别生枝節令公逼供主使公對曰柏係言官目擊時艱條陳章疏分所當為昔於扃院時朝夕齋戒冒瀆

天威仰祈

聖聽所奏内事情内外封固有何主使張曰聞有舒御史陞雲南副使同有想是與公同謀意在波及舒也公對曰舒御史正月還家柏是月出巡延平舒是月在家病故柏進本乃三月十六日前後相

隔兩月有何干涉公曰權臣因一論劾前後累害
言官數人又曰使當時尹桂果相識或有往來音問
及進
上覽搜出張林二書設有一毫奏內事情則柏須甕
無疑及舒不先物故則縉紳株連之禍未知紀極
柏固狂言抵觸意外重禍自當躬受其如諸公何
其如世道何惟幸心跡盡白天理昭然而彼之鬼
蜮莫施然諸子亦被冤甚矣幸蒙
聖明洞察俾柏得全首領諸子尚見錄用抑以大彰

聖德天地浩蕩之恩也是晚公被杖還獄得藉周君

維持盡心

二十三日公在獄中時與周君訥溪講學頓忘痛倦

二十四日與訥溪論天下人才古今載籍二日楊劉

二君間或一會語論心曲

二十五日得

旨發落何維柏假以條陳譏訕朝廷本當重治姑打

八十棍革職發回原籍為民尹相亦着為民林廷

壆張堯年桂榮各降級調外任先獄中校卒聞

旨意特甚急報周君周且禁諸人勿遽發先以藥酒息公少刻公出值劉晴川相向舉手劉曰

旨意已下有廷杖之說公即還獄託周後事詢公父母兄弟兒子名字年歲無不備至真異姓骨肉也語畢公曰柏受

天地生成　朝廷作養父母鞠育萬無一報今事在須臾恐即不諱公即桎梏囹圄中拜別父母叩頭禮畢與周訣別周曰予生平最不垂淚今見兄所為惻怛不覺心淚已滴言畢撤泣行下諸獄亦皆

拊胸墮淚嘖嘖歎息公復寍坐至未時忽聞獄中
人叫噉好周遽問曰何也校卒曰適聞報云何御
史在鎮撫司發落周曰此
皇天后土之德也先是　旨意下時未聞領杖所
在楊斛山聞有八十之數對兩承差拊胸歎曰此
老太狠及聞在鎮撫司發落楊曰此從來所未有
者乃我
皇上天地之德也兩承差出獄具道其詳公在獄拜
時有小蠅數十皆綠色如出閩時是晚取出鎮撫

司發落早時
旨下未知故錦衣堂上衆官俱入朝候
旨至未刻錦衣衛傳諭鎮撫司打訖歡聲滿獄時張
鎮撫使管事校尉先入獄中語公曰張拜上何御
史此　朝廷曠蕩之恩也與今早所聞大異公與
周揖別而去周延停以送楊與劉在別監門看公
出俱不敢相近杖畢皆出至大門閩中凡在京師
選及為商者雲集如市或攜酒或扛舁檯飯毡褥
且悲且喜時公在板枱上卧痛中聞左右皆聞音

有叫渠香火父母庇祐公者有拂拭公面目斂公
衣服遞湎遞飲茶酒者公憊痛頗甚暮來順天府
給引至門外候諸色人等蜂擁繼至周旋左右至
東城門內候門而出夜宿板上於東化門內乞火
炊粥聞人尚有數輩如李存忠者在此調護無俾
二十六日早出齊化門遞次膳畢復就板上至通州
門內待取遞回文移州中時多父老皆謂來看何
御史見公神色自若俱云無事公至灣先令各役
取船灣中人皆懼不與廣人在此者蓋尤畏忌公

坐板上頃街中一人慨然扶入取茶酒啖公意甚
壯懇可見人之膽量心事大小厚薄不同良久取
贛船至公復憑坐板上徑至船中時閩人有蔡四
林二兩者跟送至舟中延醫看公公厚二子
二十七日早發舟公發一歎諸役左右相謂曰何御
史前日受大難未嘗歎聲今何故發此史承王奎
問吳欽李存忠以衆言問公公曰幸蒙
聖恩得全首領少可以慰父母之懷獨有弟至京全
無消息獨此為慮念骨肉至情耳各慰公而退

天津道中公作詩一首

天津一棹向南溟越客孤懷對酒傾樹裏歸鴉明夕照江邊飛鷺趁潮平半生事業盧題柱一曲滄浪有濯纓萬里萍蓬隨所適任從天地自陰晴

至滄江州道中晚眺漫興一首

歸鴉低遶夕天紅野寺松風落曉鐘倚棹滄江成遠眺中天看月好誰同

八月初六日至德州發書承差林應胤合人萬全起馬同廣東是日公作詩一首

聖世開湯網
皇恩釋楚因幸承還籍命得慰倚門憂愛日催長路
停雲值暮秋天涯遊子遠歸棹敢淹留
初十日至臨清詢公弟無消息
十五日至濟寧遇公弟暨族兄景清各歡欣鼓舞且
泣且拜公詢雙親健飯自慰末語辛酸公曰弟遠
赴兄難萬里驅馳備嘗艱險可謂情之至矣是晚
中秋值雨須臾月色皎潔公自述詩一首
萬里中秋客裏逢蟾光雨後澹秋容孤踪遠出春

明外雙雁同鳴天漢東邂逅相看悲失路辛酸各自語飄蓬酒酣却憶當時事浮世生涯一夢中

十六日夜過泗亭驛望歌風臺口占一首載全集内

十九日至新安遞運所大使他適其母對役人曰何御史盡忠被逮曩過下邳嫗聞之泣下今天放生還吾[illegible]兒公出特遣次兒致蔬果見老人下情其兒與役人道言懇切公强受一雞

二十四日至淮陰各役登岸賽福維舟時舊大巡姚公虞守淮來拜一見俱有所饋辭

二十九日自淮陽渡江登金山覽舊遊書懷
南北中流迴乾坤砥柱成江襟彭蠡澤山拱石頭
城往蹟千年在歸舟一劍橫狂瀾不可禦感歎幾
時平

九月初六日自武林北關至錢塘江上憩宿民家
馬方伯石渚舊閩大叅者特出一訪詔與嚴允齋
亦至蘭溪徐尹紳泛亘舟追會江滸

十二日至常山僦居民店自僱夫馬趨玉山時程子
意甚懇切送夫馬不受過山日主家姓徐者曰嚴

家見有四人沿途跟緝到此見何御史一路俱催
民船宿民店自倩夫馬與有司不干涉彼等相顧
曰勿虧天理各先潛去是晚各役至玉山亦以此
白公公曰徵服順應（居東臨時）但求無愧於心而已此外吾
何知焉
十四日過廣信弋陽縣至鉛山港口馬頭上王尹候
數日得會舟中志趣議論教切不茍眾稱其政果
有足徵遺公拜帖紙數百受之餘禮不受是日遣
官舍張豹等四人回閩各役原領路費羡金公同

閤眾查明白自行賫還各具領狀存照晚即發舟
至萬安縣附寄羅整菴太宰書
十月初三日至贛秋山顧中丞拜公少坐情甚款備
詢公王青蘿頗知公二人相得心事辭出
初七日度大庾嶺公述懷一首
梅開山色舊蒲石未寒盟古木堪垂釣江門好濯
纓片雲浮世界孤月淡滄溟八極神游遠悠悠得
此生
未刻抵淩江是晚譚次川訪公公已搭舟下脩仁

矣
十三日公抵五羊城白衣徒步入城觀者如市喜拜雙
親謂柏不肖條陳章疏上凟
天威有煩老親遠念蒙
恩放還復承膝下之歡舉手加額北面以謝
十八日發閩役同遂返閩餽先藩臬諸公料公此行
必不諱會差倉官蘇滿賫白金五百兩送至公家
貽書公大人敬為津遣資及經理後事大人留之
日汝苛

恩生還閩前所餽即宜返之公曰誠是公大人曰前兩遣人迓汝業費其一二遂謀毋太淑人借諸親友充其數公令義男陸官勝同諸民役隨利少叅至惠陽時利進表順道還閩故託之取各役領狀及印信庫收還報逾數年里中鄰倫右溪區白齋梁穀所諸君私相謂曰謂公不宜貧囊閩餽老親者豈無賚及一日江虛谷訪公道諸君言公遂出庫收領狀江嗟歎以復諸君欽羨而已王青蘿公友也寓書曰返數百金非易事數年同舟聯榻未嘗

一言及此足見公慎獨之功不求人知之實後青
蘿與大叅甌東項公談此事甌東謂公曰先生過
高矣昔孟子受薛餽未聞後無戒心而返其金者
公對曰柏幸生還曷敢受此閫餽且家大人意也
甌東敬服爲立傳見司馬甘泉湛公益元老存齋
徐公誌銘

臺諫逸事

何公少負奇氣弱冠舉進士選入
中秘讀書改御史出按八閩於時宰執嚴氏怙寵蠹
政無忌衆皆憤之而莫敢言何君獨欲折其萌芽
方閉院草疏倏有二鵶鳴集案上驅之不去且復
集者三比至發本二鵶復集香案上鳴躁觀者錯
愕何君不為動疏入
主上果震怒
命遣官校逮械何君甚急官校入閩青蠅以千百億

萬計蠭車從至不可行何君就逮出城百姓無少
長皆柬香火涕泣奔送白日為之晦三司官屬博
士弟子員役合數千人咸相顧咨嗟面無人色官
校亦慘然若不能自容三司差南安縣丞馬一洪
護送何君馬予同邑人也故得其事特詳當是時
官校尚未回京凡知何君者咸為何君危謂禍當
不測忽都人傳有神降乩甚驗
主上密召入西苑試之屢稱
旨一日問以治世養身之術神降乩大批十八字曰

治世以愛惜人才為重養生以禁戒暴怒為先
上嘉歎不已乃親灑
宸翰書神二語揭之
御屏甫翼晨而官校以何君逮至報名復
命嚴氏亦探知
聖心已悟神語當不深罪乃密進揭帖救之於是何
君從輕發杖還籍而已其事秘人莫知之予蓋獨
得之予同年彭編修鳳云彭與嚴有內外兄弟之戚
且常常得入西苑故信而有徵云

介石朽夫曰予聞正人國之楨也天之生正人也不數而拂亂之振植之大受之亦必出於人謀智料之所不及方嚴氏秉政謙謙下士過貴溪遠甚凡有心計才辯之流皆出其門雖操莽杞檜與之較詭論能未知誰雄長也以彼之奸之寵而何君獨先批之人人謂何君徒膏鼎鑊爾鬼神無形與聲乃能託鴉以告保身之哲託蠅以明讒人之冤以寒官校之膽以激閭人之思託箕乩筆以默誘
聖衷使之悔悟於占卜響應之間以曲全何君得有

動忍增益以勵天下山斗之望謂非天耶雖然國家必將珍瘁而後君子之道盡消天心之仁愛我明當甚於愛何君矣于以奠我國家於億萬斯年俾功業比隆三五者不於何君卜之乎哉

仙居林應騏必仁甫識

蒼蠅傳

夫蠅生天地間其為物至藐然莫不各得是氣亦莫不各具是形故耳目口鼻飛走運動皆一物之靈而不可測識者嘉靖甲辰歲侍御古林何公奉
命按八閩宣仁行義值歲大祲急在賑饑設法救荒財粟不匱人之感之而莫窺其機際乙巳三月按建寧心切時弊以封事上論權奸亟還三山俟
旨竟被逮校使至閩之卿大夫士庶人號泣於庭攀送於道營營蒼蠅小而綠色以億兆計朋飛薨薨如

泣如訴如鯖斯砌止於輿止於桎梏止於校人之衣襆繞周回揮之不去護送者呼曰不但軍民數十萬護送蒼蠅亦有數百萬也出郭十餘里倏然而散不知所之既抵京下獄候

旨發落時蒼蠅復集視昔減半然羣飛比翼戀戀桎梏猶之閩中之蠅也夫蠅非附驥地隔萬里何其先後之羣集若是哉武曰青蠅之詩刺讒人也其曰讒人罔極交亂四國公之獲罪讒間之也抑亦萬雀集獄魏尚復官天眷忠良必有為之兆者事出非常休

協有徵乃爲之傳其事云
論曰天地萬物一氣嘘吸至誠感通無間幽遠兹蝿
也人第知人物效順之機而不知公之至誠徵應也
公自少志學自立誠始雖飲食起居誠敬存存是故
至誠爲治立於此而動於彼也公之救荒初非玄妙
難行之條一誠心以經濟之上下孚悦錙粒下究德
意流行蓋有溢於荒政之外者易曰有孚惠我心有
孚惠我德公之疏劾集鳴鵶以示其兆集蒼蝿以著
其獨卒能默牖聖衷恩釋同籍嗚呼豈偶然哉蓋公

之精誠天地降鑒特假蒼蠅以泄其機焉爾易曰中孚豚魚吉利涉大川蓋言誠也不然凡有不忍人者孰無救荒之政哉未有萬姓一心感之如父母如公者也懷忠直者孰無斥奸之論哉未有懾服讐敵不敢中傷如公者也公何心哉誠焉爾矣是故君子誠之為貴

高明羅

南海縣志雜錄載高明羅一中為撰蒼蠅傳

惠德編

先生自乙己歸居五羊飄然野服不通公籍當道貴人皆不見面常居寺中日以講學誨人為業聞之人仕宦無論崇卑及士人遊廣者至則登堂揮几四拜而出商旅則及門叩首輒去十餘年無歇日也時南海學諭周君源源及門求見擭不獲尋陞國子博士一日瞰先生居寺中與王青蘿諸先生論學周持帖突入先生驚起接之周曰某求見長者不應唐突若是但某来時父兄親戚曰此行必見何大人為我等

叩謝之還以告我某侯門三年矣今又轉去不如是不得一見無以復某之父兄親戚也語畢少坐而出諸先生論曰閩人愛戴之誠若此可見人心至公感孚一理彼外吾心以求治者末矣哉顧門人曰小子識之又一日先生家居送客出門一平民趨前叩首觸地曰某福建解軍也先生但頷謝之以福人及門叩首者踵相接也先生既入門守者曰此解軍人自晨至暮候門凡七日矣先生意其窮途必有需也亟遣人追之行及里許復來先生訊之曰若解軍事完

否彼人曰已領批迴久矣何為候我七日曰某領解時父兄宗族數百口囑某入廣必須面叩老爺顔色乃可同復别無他事遂一餉而去解軍人不知姓名與前周君貴賤不同而愛戴之誠若出一轍又一日閩人何君文倖昔掌廣郡教選信宜令繼陞四川知州過肴謁先生先生入更衣時錦衣玉泉莫君在坐何君語之曰公在閩不但賑濟得民吾肴中前此有寃獄三十一起皆承奉羅相可入之者公會審得情亟釋二十九起以二起無的證行臬司再問闔肴稱

快公之得民之深此亦其大者也至於痛恨法紀為官邪戮敗殆盡以所恃者權奸在位播惡於衆特馳疏論斥之此其一事耳要未足以盡公也以上皆人人耳目所睹記故並書之

嘉靖壬子歲夏四月甲子門生羅欽顏識

八閩歌謠

謠

何太史好忠直貞肅僚稱乃職諫君君未用其言濟民民深感其德望天使休逼勒天地鬼神自赫赫縱使君恩不放回萬古芳名昭簡冊

其二

三水鳳參天柏窮谷深山被恩澤官穀重重賑濟饑奸弊時時聞痛革今日去民心惻各處謠歌滿城貼報答無由控訴天但願天心眷忠臆去年冬無粟今

年春無麥誰使我生何公之德惟我何公歲寒松柏
諫疏上天威不測百姓遮道不可留還是吾民復當
阨吁嗟乎好事多磨好人難再得

其三

六月天降嚴霜一柏森然獨挺眼見嚴霜蒿裂這柏
依然堅勁好棟樑廟堂把乾坤重整

其四

歲有凶荒何公饟之朝有佞士何公匡之民之父母
國之紀綱怒出不測民庶旁皇公安如山視死如常

其五

生我父母活我何公饑民載道白叟黃童保我子孫伊誰之功逢天之咸羅此阨中願我天使護此大忠

其六

天赫赫民漠漠公道泯臣道熸保忠義待來學國之珍閩之鐸

其七

嗟我使君來按吾民因忠獲戾人百其身惠隆卯阜潤同海瀆天或憖遺有脚陽春

其八

何御史政平康視民賑濟發官倉前有汲長孺後有韓仲黃但知長沽溝壑人不辭械繫見君王蠅集肩輿人卧轍願天悔過福忠良

其九

山無草川無澤朝爭螺螄夕菜甲甘林（霖）一陣自南來饑色人人轉春色

其十

我有天天有日寸雲點靆遮咫尺誰將雲靆力撐開

長見青天與白日

其十一

大丈夫真男子此生此日當如此人皆為公憂我獨為公喜恨不從公叩帝閽尚方借劍斬盧杞忠言雖逆耳公是公非昭海宇董狐若得秉春秋為我直書何御史

其十二

萬古綱常君與臣君聖臣良世道寍一封直奏九天上惟願天王作聖明詔下錦衣人駭愕山川草木失

精靈欲留恩府無別計萬井千烟灶火停齊號泣呼
皇仁老攜幼成隊陣設香案送荷亭家家雕塑像祀
公如祀神望天使體民情爲奏君王寶惜人才開太
平

其十三

福建災傷誰想今年這饑荒田裏秧又黃園裏豆麥
空人人行出恰似骷髏樣東倒西歪在路旁

其十四

御史賢良聽見這講淚汪汪先發饑民倉又赦衆米

糧人人稱快何幸我爺娘暮禮朝參感謝蒼

其十五

南海鳴陽只為生靈身敢當齋奏上天堂願早去霜嚴
霜人人煩惱真個是恓惶胆戰心驚沒主張

其十六

官校臨疆一路遮留哭斷卿腸黑霧掩晴光蒼蠅難斗
量人人齊祝願乞生還地厚天高怎敢忘

其十七

歲歲遭凶荒人人有饑色似此流離日誰能抒一策

危兮不思亂賴有何公澤遠綏海外彝近鎮豪中客敷政本優游屬僚皆仰則憂恤寬刑獄徵輸戒侵尅賑活百萬人吾閩深感德忽聞錦衣來民心自戚戚攀蹺列車前蒼蠅蔽天黑莫謂九重遠宸聽終不滅

其十八

天無視自民視天無聽自民聽百年是非何由定試看松柏與蒿藜林谿更誰勝謾道天高也聽自卑這奸雄恰如朝露並忠藎心存耿耿剩去時攀留去後思公論纔正

其十九

錦衣来何公去滿城紅血染杜鵑送別江頭淚成雨

其二十

秋兮無粟春兮無麥雖有凶年民無菜色孰使我生何君之德手疏一封願清君側一時震怒危疑莫測矯矯虎臣賁来駕帖驄馬繡衣坐受拘迫萬姓羣黎聞皆慘惻朝陽鳴鳳歲寒松柏卓哉斯人誠難再得

其二十一

凶歲從来有何曾見此荒遍野無青草深山斷蕨根

幸得我何爺早發饑民倉全活百萬命免死道路傍
精忠猶激切殺身甘獨當官校若難為我公視如常
遮留百里餘涕泣千山涼厚德應難報願乞生還鄉

歌

昊天不弔兮我閩大饑夫不保妻兮父不保兒轉死
溝壑兮懼因孑遺孰惻孰念兮賴何使君極力發賑
兮夙夜憂勤全活數萬兮轉戚為欣吾儕小人兮報
德無因願我使君兮壽考千春又何報德兮公侯振
振云何抗疏兮逢丞相嗔虎豹當關兮矰繳塞津荷

校登遐兮一旦去闇生死難知兮慟哭我民如其可
贖兮人百其身孤臣碎骨兮天王明聖豈其浮雲兮
能蔽太清願還使君兮慰此窮民

其二

皇　氏播威福兮道路以目誰敢觸兮御史忠蹇
馳奏牘兮借劍三叱折其角兮固懷蕖莖死不恤兮
父老哭送踵相續兮御史鐵面心不怒兮登車不顧
去何速兮烈士耿耿終不復兮盍為玉碎不碌碌兮
吁嗟芳名誰與獨兮

四九 双門 全島

其三

清寍萬古此乾坤滂薄瀰漫正氣存河嶽日星成萬象人生其間貴且尊吾人正氣塞天地古往今來竟誰是臣忠子孝諒非難夕死朝聞惟一視五嶺以南滄海橫浩然正氣常流行讜諤由來推一獻高風直節獨崢嶸祇今柱史有何公惟是百代人中龍狂瀾砥柱良自許鳴陽孤鳳有誰同讀書中秘席上珍俄戴豸冠侍紫宸都亭埋輪且莫問尚方請劍誅佞臣一朝繡衣持巨斧乘驄攬轡按閩土揚清激濁奉漢

條貪墨望風多解組吾閩若值大祲年蒼生八郡皆顛連使君毅然行賑貸倉中出粟庫出錢黄童白叟歌且舞更生賴有真御史含哺鼓腹且復業昔時困憊今若此使君志在沛皇仁江湖身遠憂朝廷萬言手疏陳五事披丹豈畏攖逆鱗誰知一疏觸權奸猛然虎豹雄九關磨牙砥吾欲噬人偃月之計詎能寬赫然有旨下詔獄錦衣官校來執辱烏臺六月飛嚴霜短衣小帽聽關讀即時步行出西郭閩城士庶咸走哭青衿白晳若雲屯哭聲轟轟振林木使君怡然

誠徵録

五十 双門全高

登驛舟鉗金閘木為楚囚但知一誠能致主自甘九死豈足憂乃知正氣貫金石忠肝義膽由天植綱常名節重泰山鼎鑊刀鋸皆衽席送君感淚若如泉欲從闕下救飽宣山川修阻八千里何能排闥呼蒼天願君努力且加餐正氣漫漫在兩間況有天王最明聖安知唐介不生還

其四

海國歎雲漢公車攖我閭憫時心獨苦恤患意堪辛不忍填溝壑盡辭發粟類人人皆受哺井井盡沾仁

骨肉無離散危亡得保真怙恃欣孔邇愛戴踰常恩
社稷深憂重封章達悃陳正言期悟主直奏不顧身
逮繫天書急風霜白日湮徬徨還使者奔走問蒼旻
道路塵埃暗郊闉士女驚叫閽心欲碎借箸計無因
合志祈天壤焚香祝鬼神願垂呵護力廓廟布陽春

其五

名世有忠臣廣南間氣生按治到閩省激濁兼揚清
時值大凶歲目擊涕淚零全活百餘萬草木賴甦生
此心本翼翼一念為王室怨謗若轟雷激切中流石

封章回未上羣鷄先鳴血忠忿凜冰霜精神貫烈日
單車似可憐太守更軒豁公論不可違天理焉能滅
今願我聖明普施廣生澤廊廟若有容天下皆仰德

其六

時乃歲甲辰凶荒徧吾閩不逢何御史八郡盡無民
開倉發賑活溝壑又見韓韶重漢廷封章上紫宸斥
奸不畏權貴嗔詔獄遑遑逮諫臣街號巷曲扶老攜
幼奔送出城闉錦衣使者當此日亦自流涕沾衣巾
於戲何公全我閩中數萬人天心佑善詎止全公之

一身曠蕩直擬叨天眷子孫履福將無垠去後見思閭乃祖赫赫賢聲頌何公於戲何公真御史姓名從此垂千古

其七

君不見食君之祿當輸忠奪笏擊賊何其雄又不見受君民社當周章開倉賑給向郡郎義聲直節固自美昭鑒區區斯彼蒼君今值此多危機欲發即發無依違全閩懸磬釜中焦當道豺狼檻外威虎鬚龍鱗豈易逆日月無光天地窄生懸弧矢死裹革叩馬何

人採薇食張良椎董狐筆武侯表蘇卿節地維天柱
到今存生死紛紛安足畫君曾秉筆鷄競鳴逮時蒼
蠅集車船蟲鳥至微尚有知始信明誠感金石攀轅
臥轍揮不去望我天公鑒忠赤延國脉如可贖兮人
千百恢恢霄壤知不知懇慰羣生手加額雷陽有竹
枯復生千古萬古心自白

行

天王御極四海清巍巍蕩蕩誰能名皋夔已謝由光
隱無復一德居阿衡輸忠不顯申伯氏人心欲裂怯

主韶席前流涕漢賈生繼響朝陽何御史謙謙君子能下士幼學壯行知急務單車攬轡按吾閩救盡人間許疾苦況值時艱大荒年流離餓死在路邊開倉賑活百萬戶人人感激謝蒼天向曾披肝陳五疏不想令人忘賈杜甘棠蔽芾不可留赤子含哺向誰訴我公今日雖被逮就道從容真慷慨殺身不避為君王那有求名照千載青蠅繞路應可憐百草淒淒更憔悴新荷凝露弗自持鵰鳥徐來天未艾六月雲雨暗西郊悉為我公去時淚淚痕有盡雨有歇澤流江

漢思還在吾聞忠臣出孝人飄飄萬里孫蓬身堂前白髮西山暮對泣江頭仗使臣使臣此别江中去萬代瞻仰在此擧懇勤爲我護忠良莫聽讒言織青史

其二

御史居臺憲古人稱鐵面今知是何公不説有趙抃過惡若疾讎愛民如親眷清風凜入閑直節堅百鍊君不見即今大荒年人人飢餓倒路邊田中無人種灶裏斷火煙妻兒欲賣無人要要典家資不值錢我公聽見真哀憐日日忘餐夜不眠設法開倉出庫藏

救活溝壑萬千千又不見我公南海忠孝人關頭一
念都是真只為鷹鸇除雀鳥遠將肝膽披天廷又不
見封章来上時群鴉啄硯池從來壯士亦動色何為
有道若不知詔下青衣並小帽萬里徒步赴丹墀又
不見臨行慷慨心坦夷一路遮留情轉悲號聲震地
閭悽慘淚泣西江難別離難別離萬里孤身動去思
蠅蟲至蠢猶知戀天使于喪豈枉虧齊囑付好扶持
聖明在上安敢欺玆行應有神呵護尤望天聰鑒口
碑

誠徵録　壽双門全昌

其三

何使君貌不踰中人心雄萬夫無與倫上書數千言
志不憚批鱗直借尚方劍朝中斬佞臣炎蒸三伏道
就逮赴北燕昔日何尊重今去何拘攣百姓向公哭
使君何時旋使君好顏容登車去便便舉手謝百姓
遠送勞諸賢無德及爾土毋爲坐憂懸生當期相見
死當歸重玄百姓聞此語愈益添悲纏士人聞此語
有淚如迸泉從容不改度臨去何周旋求仁固無悔
學道非徒然願天鑒明德早得遂生還

詩

聖詔從天下民心戴道悲何人憂社稷公去係安危
風雨愁行色煙雲動去思乾坤還有眼應不負明時

其二

聖詔今朝下山川草木愁攀留靴未脫泣別淚難收
赴闕馳驅急單車驛路悠行看稚直節忠烈炳千秋

其三

逆鱗千載寂然無誰信留鬚表丈夫借劍尚方朱折
角開倉賑給汲長孺平生正氣郎山重舉郡寃聲野

誠徵録

草枯蠅集肩輿知敵日天教社稷仗公扶

其四

使君持節按閩臺凜凜風裁百度開請劍孤臣昭日月賑饑真惠遍蒿萊攀轅無計長揮淚投鼠深知重見猜煩語錦衣須愛國好將公論達堯階

其五

中宵秉燭上封書爛吐燈花鬼膽虛却憶尚方曾借劍每懷大内反牽裾孤臣萬里心常切直節千年氣轉舒漫道逆鱗時不測留旌檻跡定何如

其六

嚴霜六月下格城白叟黃童涕淚零賢使儘知憂國
志長途願施好生心

其七

未久巡閭澤已深是非公論在人心草茅無計回天
怨再福蒼生有古林

其八

百歲無人見此荒蕨根搜盡水充腸何爺若不開蒼
早十室應知有九亡

其九

使君匹馬向神安百折關頭幾度難尚賴天公使社
稷筐教夫子得生還

其十

送別江頭日已西攀留無計扯衣啼乾坤浩蕩應回
首想起關河又轉淒

其十一

行李蕭蕭動去思扁舟一葉竟何如攀留無計江頭
淚那得音書附雁魚

其十二

萬里馳驅別思迢甘棠遺愛播民謠高風千古人瞻
仰尤喜遭逢得聖朝

其十三

萬里風濤險何人競渡舟不困根脚定那得錦江流
發粟知時急輸忠為國謀口碑聯海嶼春色映羅浮
詎意嚴霜慘翻成六月秋行歌牽馬首泣別渡江頭
蠢鳥猶知[依]戀煙雲為去留乾坤如再造端不愧伊周

其十四

五芝双門人三島

聖世推時彥公當第一人持身清若水秉政化如神
區畫公私田調停出入均全城皆受福八郡盡同春
國賦惟供正民風漸返湻匡時驅虎豹經世有麒麟
擯斥心無怨拘攣辱不驚竭忠來漢使授節繫賢旌
赤地俄成雪公車偶集蠅豈因羞落羽遂乃憚批鱗
草野長聞化清朝待東鈞願言追稷契萬古仰臣鄰

誠徵錄終

《北行日記》評介

胡劍波

一、作者簡介

何沅，字夢蘭，清末南海縣登雲堡沙滘村（今佛山市南海區丹竈鎮沙滘村）人，是當地名宦、明代南京禮部尚書何維柏的後人。據吴勁雄的調查，現存殘本何氏族譜并無何沅之名，當地人因年代久遠，也不知何沅其人。① 目前只知何沅曾在光緒十四年（1888）以貢生身份參加順天府鄉試，後於光緒二十八年（1902）以醫術糊口，成爲鄉中儒醫。其曾於光緒八年（1882）至九年、光緒二十八年、光緒二十九年重鈔何維柏著作《天山草堂存稿》《誠徵録》《天山草堂詩存》。《北行日記》則是何沅在光緒二十八年寫就的作品。

二、作品版本、寫作緣起

就版本情況而言，此《北行日記》爲何沅光緒二十八年的手鈔本，不見於他處，當爲孤本。其中有些頁

① 吴勁雄：《新見何維柏著作清鈔本三種》，《圖書館論壇》2017年第8期，第132頁。

數缺失，少數字有塗改的痕迹。

何謂『北行日記』呢？據何沅説，光緒十四年他奉父親之命，與同宗兄弟何伯汲、何耀裳北上京兆參加鄉試。他將這段經歷按日記録下來，是爲『北行日記』。

何沅在光緒二十八年爲什麽要追憶光緒十四年的事呢？大概有兩個原因。一是何沅業儒多年而無所成，光緒二十八年迫於生計而棄儒從醫，心中有憾，故追憶當初進京鄉試之旅以慰其心。二是何沅認爲庚子亂後，世事變遷太快，與自己在光緒十四年的所見所聞大有不同，擔心後人『徒知已變之後若此而不知未變之前若彼』，因此想記録下來供後人參考。

三、主要内容

如前所説，《北行日記》主要是記叙何沅在光緒十四年北上參加順天鄉試，在此期間的所見所聞。作者逐日記録，并且時間詳細到具體時辰，大至考試，小至購物，皆爲其所記。

何沅此次行程的路綫是怎樣的呢？就北上路綫而言，何沅從省城廣州的黄埔港出發，乘坐一艘名爲『厦門』的輪船，途經香港、汕頭，然後到達上海申江碼頭。其後又從上海出發，乘坐一艘名爲『新南升』的輪船途經烟台，到達天津紫竹林碼頭。其原本想從天津坐車直達北京，奈何遇到清水河漲水，只好换種方案，最終從天津乘車、乘船到達通州，又從通州乘車到達北京。何沅從北京南回，則是從原路返回。不過因爲《北行日記》有殘缺，現只知道其回程至上海，至於上海到廣州的情況，則不得而知。在此期間，其停留時間較多的地方是香港、上海、天津和北京。

儘管《北行日記》所記較爲繁瑣，但仍可將其内容分爲四類。

其一是交通之類。作者將其從廣州到北京，再從北京到上海的行程詳細地記録下來。具體來説，作者記録了到達某地、從某地出發的時辰。作者也記録了輪船、車輛等交通工具的價格，以及其支付伙夫小費的金額。作者還記録了他買票的渠道。具體來説，何沅的船票和車票一般是通過客棧購買的。如，其從廣州到上海的船票是通過廣州迎祥街的萬安客棧購買的，其從上海到天津的船票是通過上海英租界二洋涇橋長春客棧購買的，其從天津到京城的車票是通過天津太昌客棧購買的。不過店家代爲購買，時常會『分潤』，價格會偏高。所以對於短途，何沅有時也會自己出門雇車、雇船。

其二是社會風俗之類。作者每到一地，見到當地較爲奇特的事便會記録下來。例如在廣州，作者記録了黄埔港附近疍婦吵架的場景；在上海，作者記録了上海的包括『先生』『長三』『么兒』『野雞』在内的各種風塵女子的情況，并且詳細記録了某位應試舉子因狎妓而債臺高築以致被『姨娘』（妓院的管理者）追債的場景；在天津，作者記録了當地土豪勒索船夫的情景；在京城，作者記録了福晋所坐奇特的紅呢車。

其三是物價、貨幣之類。如前所述，作者會記録自己的車費、船費。除此之外，作者還記録了自己在各地所住客棧的房費。作者記的最多的是他給别人的各種小費。如船上的伙計、客棧茶房、幫自己看行李的人、給自己報喜的人、參加鄉試時的水夫、號軍，等等，都是作者的賞賜對象。作者賞賜這些小費并非因爲家境優渥而濫賞，而是遵從當時的社會慣例。

至於貨幣方面，作者因爲需要在廣州、上海、天津、北京各地花錢，但是各地民間使用的貨幣并不統一，所以較爲留心這些資訊。如作者所生活的廣東以及上海都使用洋銀，但是天津并不使用洋銀，而是使用制錢。因此作者在付車夫車費時，不得不用低於市場匯率的價格，用洋銀抵補車費。作者還記録了各種銀錢的兑换比率。如在天津和通州，老錢 1000 文可以换制錢 1000 文，而津錢 1000 文却只能换制錢 500 文。再如足色紋銀匯兑使用京平，即九四兑；松江紋銀匯兑使用市平，即九六兑；另外還有公砝平，爲九八兑。作者换錢的場所有時是專門的錢莊如『升和泰』，有時也會在客棧直接兑换。

其四是科舉之類。作者是國子監的貢生，平時并不在國子監學習。因此他要參加順天府的鄉試，必須要參加國子監的考到和録科兩門考試，只有通過了考試才能參加鄉試。光緒十四年（1888 年）七月十八作者在國子監參加了考到考試，七月二十出成績，名列 178 名，順利晋級。隨後的七月二十一作者在國子監參加了録科考試，七月二十三出成績，名列 241 名，順利晋級，取得順天府鄉試的資格。其後的八月初八至八月十六，作者在貢院參加了鄉試的三場考試。作者將其經歷的每場考試的流程，以及自己在每場考試中的作息安排都記録了下來。

四、該書價值

作爲一本廣東貢生北上參加順天府鄉試的日記，《北行日記》具有不小的價值。除了上面提到的記録各地社會風俗、物價、貨幣等資訊外，它的價值主要體現在以下兩個方面。

一是交通方面。作者詳細地記録了自己旅途各程到達的時間、地點、車船票價格，方便我們還原清末廣東到北京的交通狀況。詳見下表：

表1：何沅路途表

時間	地點	方式	買票地點	票價	備註1	備註2	備註3
六月十七丑正開船	黃埔	廈門輪船	廣州迎祥街萬安客棧	洋銀8元	從黃埔到香港共8小時	從黃埔到上海共152小時	從廣州到北京共541小時，連首尾共23天
六月十七巳正	到香港						
六月十九酉正開船	香港				從香港到上海共56小時		
六月二十三巳正	到上海申江碼頭						
六月二十七辰正開船	上海	新南升輪船	上海英租界長春客棧	每張洋15元8毫	從上海到天津共148小時		
七月初三午正	天津紫竹林碼頭						
七月初四卯正	天津太昌客棧	車	天津太昌客棧	每輛制錢7000文	從天津到通州共106小時	從天津到北京共129小時	
七月初七辰初	到六合店						
七月初七午正	六合店到通州	船	自找船家	7000文五位			
七月初八酉正	到通州						
七月初九辰正	通州	車	通州恒泰店	不明	從通州到北京共7小時		
七月初九申初	到京城騾馬市大街廣升客店						

續表

時間	地點	方式	買票地點	票價	備註1	備註2	備註3
八月十八巳初	北京長安街文宅	車	自找車夫	雇車一輛銀1兩2錢	從北京到通州共6小時	從北京到天津共53小時	
八月十八申初	到通州						
八月十九卯初開船	通州	船	北京廣升客店、通州恒泰店	雇船錢12500文	從通州到天津共33小時		
八月二十未正	到天津紫竹林碼頭						
八月二十一巳初開船	天津	武昌輪船	天津佛照樓	每張紋銀11兩3錢	從天津到上海共76小時		
八月二十四未初	到上海申江						

從上表可看出，何沅從廣州到北京，耗時23天，車票、船票一共花了洋銀23元8毫，制錢14000文。當然，值得説明的是，在這23天中，何沅在香港、上海、天津停留數日，吃喝玩樂，并非一直趕路。

二是科舉方面。首先，由於何沅是國子監不在監學習的貢生，從廣東到順天府去參加鄉試，而非在廣東本地參加鄉試，與一般舉子相比，情況較爲特殊。《北行日記》可供我們瞭解這部分科舉人群參加科考的情况。一般來説，他們都需要在鄉試之年，在國子監參加考到和録科兩門考試，兩門皆晋級以後才能參加鄉試。下表就是何沅參加考到、録科兩門考試的情况。

表2：何沅考到、録科情况表

時間	地點	科目	流程	共用時
七月十八	國子監	考到	卯初到監； 辰初點名，領簽領卷編座； 巳初歸座下試題（一四書題、一經題）； 申正交卷。	7小時
七月二十一	國子監	録科	卯正領卷編座； 辰初題下（聖諭、一四書題、一經題、八韻、一策）； 申初交卷，繳卷票。	9小時

其次，關於鄉試前考生的『投卷』和三場鄉試的情况，《北行日記》也進行了記録。見下表：

表3：何沅投卷流程表

時間	事項
七月二十七	到蓊雲夫子處取小結以便投卷
七月二十八	南海會館長班孫福來拿小結幫助取投卷
七月二十九	孫福把投卷一套送來
八月初一	何沅在試卷上填好籍貫、三代、年貌，并讓孫福幫忙納卷
八月初七	到蓊雲夫子處取監照

表 4：何沅三場鄉試情況表

時間	地點	科目	流程	共用時
八月初八	貢院	鄉試第一場	巳初到貢院西左門影壁候點； 未初在東右門聽點，憑卷票領簽入大門，在二門口憑卷票領卷； 在磚門搜撿；入西文場鹵字 27 號，水夫代佩考具； 申正弄飯； 戌初就寢。	52 個小時
八月初九	貢院	鄉試第一場	丑正題紙下； 卯初起來作文； 午初弄飯； 未初首藝起； 戌初次藝起； 亥初吃飯；亥正假寐。	
八月初十	貢院	鄉試第一場	卯初起來； 辰初三藝起； 巳正試帖起，謄真； 午初弄飯； 申正起卷； 酉初交卷領簽出場。	

續表

時間	地點	科目	流程
八月十一	貢院	鄉試第二場	巳正貢院候點；未初領卷，編號東島8號；酉正弄飯；亥正題紙下，就寢。
八月十二	貢院	鄉試第二場	卯初起來作文；午初弄飯；午正易藝起；申正書藝起；亥正詩藝起；戌初弄飯。
八月十三	貢院	鄉試第二場	子初春秋藝起，睡覺；卯初起來；辰正禮藝起，謄真；午正弄飯；申初起卷；申正交卷。
共用時	51小時		

續表

時間	地點	科目	流程	共用時
八月十四	貢院	鄉試第三場	巳正乘車到貢院，名已點過，補點進場，西岩22號； 酉初弄飯食； 亥正就寢。	49小時
八月十五	貢院	鄉試第三場	寅正題紙下； 巳正一問起，弄飯食； 午正二問起； 申正三問起； 酉正四問起； 戌正五問起，謄真； 亥初就寢。	
八月十六	貢院	鄉試第三場	卯初起來謄真； 巳正起卷； 午初交卷出場；去翥雲夫子處領回監照。	

值得一提的是，翥雲夫子和南海會館的伙計在何沅的投卷和鄉試中發揮着重要的作用，而關於這些人群在科舉中的作用，學界似乎關注太少，可供參考的資料不足。

北行回記

北行日記序

嗚呼事勢之變遷誠難以逆覩哉初意其必然者曾幾何年而不可必矣初意其同然者曾幾何年而不能同矣如余之北行日記是已方余按日登記凡以為何必然同然者一一備書無非為後之問津者計也戊子距今十四年耳乃自庚子遭拳匪之變亂若與兵部等則變而併於[illegible]署矣若試士則變而為論策經義矣若貢院則變而借闈於河南矣此則變之大者也其變之變者如綠營遺則久已變而限七百名

須矣輪船則欲達而泊唐沽並可由唐沽附火車而
進京矣京市則久已變而通用銀圓矣若夫名變而
實不變者如上海之酒樓茶肆則字號屢變矣申園
西園則變而為張園愚園矣嗚呼事勢之變遷誠若
是之難以逆覩哉且過此以往其變遷又不知奚若
矣則然則此記不可以燔乎雖然如其燔之則後之
人徒知已變之後若此而不知未變之前若彼也故
姑存之而繫以序使知與世變通之意云爾
光緒二十八年歲次壬寅二月何沆自序於知困齋

光緒十四年歲次戊子承
嚴命赴試京兆約伯汲耀裳兩宗兄大沙鄉深巷房人同行伯汲
前經北上一切熟識耀裳與余均賴以照拂也爰將
日中瑣事備誌於左名曰北上日記

六月十四日晴

先是聞有輪船名廈門者準於十五日往上海因約
伯汲耀裳豫日將行李移來寓所時寓珠光中約便道下船
是午伯汲耀裳移行李來旋同往迎祥街萬安客棧
留輪船房位每　羊銀八圓購洋字船票一張隨尋

道回寓伯汲擢裳兄於中途揖別矣申正祭告
祖先酉正萬安棧伴梁善平到寓具道前科拜識伯汲今
又在廈門輪船款接客商往申江特來相約明早到
寓偕往黃埔下船
十五日晴
予初卯辭
嚴君整理行裝辰初伯汲擢裳到寓而梁善平爽約已初
同坐緝私快艇往黃埔未正到黃埔詎輪船泊常洲
遲駛泊輪船之側偕伯汲過輪船尋房位已為鴻安

棧伴湯頌三占踞盡矣如客到申江寓伊泰安棧乃可讓出一房權允所請旋將行李數具先置房内後聞輪船改於明日展輪即在快艇住宿申正梁善平到快艇請罪戌初聞蜑婦交詈殊堪噴飯戌正修第一號安稟

十六日晴

午初伯粹宗兄大岸鄉人到敘後觀伯汲擢裳對奕亥正同過輪船

十七日 [illegible]初大雨

丑正展輪已初揖別同舟姓氏有沙灣鄉宗伯四位共談世系一老者云曾見我族譜牒載我

始祖之來居沙滘也因風水之説昆仲意見軒輊我

始祖乃效夷齊遜國遺風奉

母遷居沙滘焉斯言也與今之譜載不符闕疑可也已正到香港泊海心同僱小舟登岸僑寓鴻安客棧因苦船上酷熱也未正同往謁陳南芝世伯硯翹尊甫也友陳竹隨往謁桂開叔申初回寓酉初復同訪桂開叔順修第二號安稟畢並偕桂開叔往高陞園聽戲亥初回寓櫂

裳所乘東洋車脫輻幸無傷

十八日晴

午初桂閒叔惠送洋糖果荸薺拜領後同偕桂閒叔往聽戲申正回寓戌初聞火警登屋頂瞭望

十九日晴

巳正聞火警偕伯汲出看洋人水車午初陳南芝世伯惠送金腿荸薺洋餅洋糖果拜領訖未正結棧租每位每天收銀二錢四分共賞小伙酒資洋三毫畢復同下廈門輪船酉正展輪舟子將房窗緊閉防出口風濤也戌

正出鯉魚門外有所謂暗湧者船即隨波上下最易暈人頭目耀裳即嘔吐矣

二十日晴

辰初將到汕頭海面停輪修理機器少頃復展輪已正因船艙酷熱且氣息惡劣偕伯汲遷向船面坐卧

二十一日晴

仍在船面坐卧觀潘鶴皋兄西城鄉人與伯汲對奕

二十二日晴

耀裳亦遷向船面坐卧相與觀棋觀畫聽談命談相

二十三日晴

丑正船泊吳淞口仍在船面坐卧卯初由吳淞口駛進上海卯正因霧大停輪辰正霧散復駛伙夫討賞共給洋三毫酬頌三酒資洋五毫頌三猶悻悻然已正到申江泊馬頭同移寓英租界二洋涇橋長春客棧因數日船上行李飲食梁善平照管勤勞之故午正同偕善平到亦新園洗澡薙髮畢即乘馬車遊申園園是男女遊玩之所離租界五六里沿途林木陰翳寶馬香車絡繹不絕到園登樓入茶座憑闌眺望

披襟挹爽萬慮皆清用茶點畢出觀湧泉井復乘車回便道遊西園酉正復同偕善平往詠霓戲園聽戲亥正回寓修第三號安稟

二十四日晴

酉初同偕善平登杏花樓試番菜出過冠芳園館聽書其唱書先生是此處歌妓所唱是曲也歌妓十餘列坐合彈琵琶各歌一闋亦殊悅耳出過華衆會樓看地毬床毬華洋人均可下場角勝負出僱馬車重遊申園用茶畢回寓時已亥正矣上海夜遊最佳凡馬路必設煤氣

燈電氣燈光同白晝且炎威已斂時有涼風

二十五日晴未正微雨

未初玉衡宗兄（西岸鄉人）到敘洽甚留饍復作長夜之談

二十六日晴

辰初玉衡辭去酣睡不知午正同訪玉衡順購呂宗票一張後到方祥珍館伯汲照相畢出遇潘鶴皋同登更上一層樓樓乃男女雜遝之所用茶點畢過華眾會樓看羽毛鱗介之屬與同行相失不識舊路坐東洋車回寓酉初偕伯汲由洋涇橋巡河旁步行忽聞

夷樂嗚嗚然從籬外張望中有洋式亭館花木蔥蘢數百夷人老幼男女嬉戲其間亦足觀也少頃過虹橋興盡而返戌初修第四號安稟即託善平帶呈共酬善平酒資洋一圓上海須用光洋先是在省換光洋八十圓補水八錢因諸事多勞此君也

二十七日晴

未正結棧租每位每天錢二百八十文寫船票每張洋一十五圓六毫共給茶房酒資洋五毫申初同下新南陞輪船往天津酉初回棧用晚膳行李着棧伴看守酉正同偕鶴皋登

更上一層樓品茶見有所謂野雞者一羣羣逐隊求雄明目張膽良足慨也出過洗心泉聽書後到中華園小酌是晚丑正復下船共賞看行李者酒資洋三毫回頭見有所謂娘姨者（妓女婦也）僕攜燈尋客（伯汲詰其故）答曰客欠帳若干付之罔聞而下船又不告知明是賴帳今為討帳而來也

二十八日上午晴下午陰大風

卯初見康長素下船旋有娘姨來向伊討帳聲色俱厲逼伊登岸同往妓館伊詭說願往娘姨先行伊隨

之上船忽折回直奔艙後客房匿避娘姨復回搜尋此時並有男人想是鴇黨偕同搜索隨尋隨罵追至辰正展輪始登岸去後聞人說長素到申十餘日花消百餘金昨棧租等費亦向朋儕告貸者上海妓館最盛有所謂先生者即唱書歌妓事款同長三長三者每晚三圓每局又三圓客飲十局伊均隨之陪飲亦作十局負如陪遊申園亦作一局么二者每晚二圓每局二圓餘同長三均先不言錢追至花債高積始啟齒討帳凡宿娼一晚並日必乘轎答拜先傳大字名片如新庶常帖然客款接畢即發轎金一圓自後每到拜亦如此餘則遣娘姨

到纏入局又竊於偵探客如有局妓即不速而來故偶一失足鮮能跳出迷津也至日野雞本人家婦女而當娼者無定價三元至一圓不等今長素所押是長三也上海事例嫖客賴帳如被該妓纏到捕房必須清帳否則罰坐洋監今長素匿過殊屬幸事云已初出吳淞口未初憊極假寐忽浪從窗口撥入衣履半溼驚起關窗覺風濤愈大船甚顛簸坐卧不安舟中多暈吐者矣是日不設晚膳茶水亦免入夜驚風駭浪行李顛倒强起安放不能穩立船艙有水行李沾濡所幸精

神困隨醒隨睡不甚苦耳

二十九日陰雨風浪如上日

寅初飢甚食乾糧少許復睡卯初渴甚飲茶過多胃不能納即吐而出旋登船面小坐風大難禁復卧床上是日食粥兩頓是船主供給食麪一頓是自備

三十日陰雨風

丑正大雨少頃即止此時風浪漸平申正船泊烟台上人到售沙果蘋果桃李及鰕脯等戊初風復大作駛往山邊風静處所以避颶風是日飲食如常

七月初一日陰雨風

輪船卸貨畢午初展輪駛數十丈卒停輪泊定因風狂浪大也是日飲食如常

初二日陰風

卯初展輪是日風浪稍殺飲食如常

初三日晴

丑正到大沽口停輪卯正駛入天津河巳正共給伙夫酒資洋三毫午正泊紫竹林馬頭同移寓太昌客棧即薙髮戌初倚第五號安稟託老李帶回上海轉

寄共酬酒資洋五毫因舟行時多勞他照顧也戊初康長素來借盤纏十金

初四日晴

未正同騎驢進城從制府行臺過申初同寓亥初結棧租每位每天制錢二百四十文僱車往都門每輛制錢七千文連包飯四頓錢一千文在內先交六千文到京交一千文又交裝車錢一百文均注明車票天津市語老錢一千是制錢一千文津錢一千是制錢五百文通州京然

初五日陰雨連緜幾無停晷

卯正起來交行李與車夫裝車共賞茶房酒錢三百文後偕伯汲過佛照樓客棧約潘鶴皋文璞菴鶴山人起程鶴皋請用早饍出即同乘車行先是託棧主製旗一枝插於車前旗用黃布為之長尺許闊數寸墨書順天鄉試字樣午初入鄉會店打尖用饍也無可下箸申初到楊村德興店投宿而鶴皋璞菴則多躦一站投宿

初六日陰雨如上日

卯正同乘車復行未正入店打尖耀裳呼餓極矣亥

正到馬塗六合店投宿此地離京師陸六十里水八十里鶴皋璞菴則已先到矣餉客無飯惟有燒餅麪湯而已

初七日午前晴午後陰雨

卯正車夫强索錢文不可以理曉不可以情感每交洋一圓勸要抵錢九百文因此地洋銀不通用也辰初復同起行行不一里因前途水阻回車仍駐六合店查前途水阻之故因連日大雨加以清河水漲也商議僱船船家索價太昂因須分潤店家也於是伯汲鶴皋出門自僱議成制錢七千文載客五位蓋伯

汲耀裒及余并鶴皋璞菴也午正同乘車下船追至渡頭竟有土豪梢阻擻船家給他錢七千文後經鶴皋璞菴伯汲與之折辯幾於舌敝唇焦卒要附載客人二位該錢三千六百文歸土豪收去方能了事而土著又代搬行李索酒資錢百文賞畢車夫又每索錢二百文卒交一百文並給還車票解纜後璞菴弄朝飯同食時已申初矣酉正泊定亥正食麪作飯

初八日陰雨

舟子無蓑笠雨則泊雨止乃行酉正始到通州泊定

是夜仍宿舟中因通州客棧須客自弄飯也

初九日晴

辰初伯汲鶴皋入恆泰店僱車進京並換錢回結船價及賞酒錢三百文辰正車到河旁裝車訖同坐車入通州城出東門行石路二十餘里均巉巖不平車左右搖深有反車之虞於是舍車徒步惟燿裳璞菴則騎驢得得午初入店打尖無飯糴食燒餅味亦頗佳未正車繞道行泥路經一院落膽敢以繩攔路索錢十餘文始放行者申初入右安門稅務廠索稅卒

不與直抵騾馬市大街廣陞客店卸車

初十日晴

辰初偕伯汲乘車往掌扇衚衕生和泰字號取匯項三十兩先是在省匯銀百兩紋水匯水共加銀十兩已初鶴皋遷寓電報局已正南海會館長班孫福送燒鴨三全受不受也可受一二也可後賞京錢三十六千文另賞打雜京錢四千文劉伯漢表姪到敘午初偕伯汲到南海會館訪友未初孫福薦跟人盧順上工申初乘車同謁區鵬霄先生官內閣中書申正回寓遷住房先是與璞菴同房酉正復偕伯汲過南海會館訪友

十六千文号拜助教贄敬二兩門包錢票二千文此二款可用可不用是日陳竹翹兄邀聽戲辭不往申正訪伯漢問好酉正伯汲邀飲席設萬福居乘車赴席朋輩强攉戲子所謂京相公也陪飲席間唱曲一闋隨賞錢票十千文後同乘車回寓時已亥正矣

十四日晴

已初康長素歸還借項酉初信甫兩農兩宗兄大沙鄉深卷坊人到敘酉正偕耀裳過南海會館訪友

十五日晴

午初偕耀裳過南海會館訪友

十六日晴

午初結棧租每位每天銀二錢算共賞茶房錢四千文同乘車移寓東長安街文宅路經宣武門外入正陽門過詹事府衙門抵長安街牌樓同寓十一人潘少夔兄潘星曹兄村頭鄉人高湘雲兄沖霞鄉人梁賚良兄梁藻裳兄佛山人王耀東兄王述周兄王理鄉兄良沙海御人伯汲耀袁及余也酉正多與三先生前廣東理事同知旗人邀諸同寓及寓主人文郁齋先生前山東知府蒙古人飲席設吉源館戌正

同寓

十七日晴

辰初文郁齋率二孫來見並惠送同寓酒一桌拜留

晩用午初乘車出過

北御河橋從

禁城邊過經翰林院

鑾駕庫兵部工部宗人府吏部戶部禮部各衙門前出

正陽門到南海會館囑孫福即僱跟人一名順謁翁

雲夫子不遇轉往觀音寺街安榮字號訪平如宗兄

沙頭鄉人託代購涼帽水靴申初回寓跟人孫升上工酉初公請郁齋先生敘席詎他下午不茹葷止飲酒食果子耳

十八日晴

寅正同乘車赴國子監（在城之北）考到卯初到監辰初點名由後西角門領簽入隨到大堂領卷（卷共六篇用紙釘固每篇十六行每行二十三字）編坐修道堂堂在辟雍之西即登辟雍巡檐一觀四周圍以屏不見中之所有外環以圓池（壁水也）四面有橋可通信步過前橋行甬道東西各碑

亭一座中有牌坊文曰學海節觀圜橋教澤牌坊前東西各鐘鼓樓一座再前大門封閉隨過東廊轉西廊經率性堂誠心堂正義堂崇志堂廣業堂堂内均樹
欽定石經如脩道堂然蓋六堂東西相向各三楹也巳初歸坐題紙下一四書題一經題均另紙起稿隨封門有坐助教監場場規甚寬申正交卷出乘車回寓

十九日陰雨夜大雨天寒須穿棉衣

午初門前看殯儀午正薙髮

二十日晴暖

申正偕伯汲理卿隨海珊兄郁齋長孫往東單牌樓同便道遊昭忠祠到則門前積水尺餘即在門外張望亦多頹圮矣轉入某園觀金魚其大者種類有四一眼大睛凸尾大於身作芙蓉葉形腹下擺水翅又長於身者一形狀同上而脊上無翅者一尾大翅金睛凸而向上嘴有鬚鬚短而肥者一亦尾大翅金睛凸睛有肉一塊如眉樣然大幾蓋睛且隨呼吸而動搖者均極絕色殊足觀也酉初回寓耀裳説方纔有報喜

者訂酒錢一千文此乃國子監報人因考到榜發名列一百七十八名也本日出考到榜閩廣東共列一千一百七十餘人榜尾有次取五人云

二十一日晴

寅正同乘車進國子監考録科卯正領卷仍編坐修道堂辰初題下先茶點

聖諭一四書題一詩題八韻一策題亦是另紙起稿申初交卷隨繳卷票出乘車同寓

二十二日晴

午正為郁齋先生寫摺扇申正郁齋先生惠送櫻桃
大如拳味殊美不敢多食防腹痛也

二十三日晴

巳初述周代看錄科榜回說名列二百四十一午初
公請與三先生郁齋先生飲洽甚酉初脩第七號安
稟

二十四日晴

巳正郁齋又送櫻桃領不敢食未正鶴皋偕弟煇庭
兄到敘是日閆牌與耀宸合本酉正郁齋出蒙古王之照

相同看

二十五日晴

巳正送郁齋先生蘇合丸十丸保和丸十丸陳皮四枚普洱茶餅一塊午初到後院與郁齋敘談蒙送餤口經一部普洱茶膏三塊未正乘車到生和泰取匯項三十兩合前共取一百兩外共補廣平銀六兩三錢八分緣足色紋銀用京平京平實九四兑也若用淞江紋銀須用市平市平則九六兑也至於公法平則九八兑矣申初同寓酉初郁齋送益母膏一罐云

是由
東陵處來與
天壇內所售者不同
二十六日晴子初微雨
午初偕伯汲出正陽門入荷包巷過正陽橋經珠寶
市到琉璃廠歸路經棋盆街入桂林軒購香皂鵞胰
於路遇紅呢車一輛前二人挽後二人推意是迎親
喜車歸問郁齋郁齋曰是福晉所坐車也是晚公邀
磬師彈唱亦頗悅耳

二十七日晴丑初微雨

已正郁齋先生惠送

御賜巖露香一枚元朝甎硯一方拜領珍藏午正偕伯汲乘車出崇文門到電報局訪鶴皋昆仲觀電報機器畢到南海會館小坐伯汲偕友往飲隨謁耈雲夫子取小結以便投卷之用並送上門上小費錢票二千文又部中印結小費錢票二千文耈雲夫子邀飲拜辭謝歸路經兵部街見一無手乞兒跪乞錢文持物以口或以足者抵寓聞郁齋感冒即到後院問好蒙

送月餅四枚如吾粵油酥然餡多冰糖

二十八日晴

未正孫福到取小結投卷戌正郁齋出楊忠愍公全集翦燭讀之心神俱壯

二十九日晴

午初偕伯溷少夔隨同郁齋海珊往隆福寺九十兩日乃開寺之期入門不見和尚佛殿關鎖其曠地則擺賣古玩玉器及零星瑣意什物男女往遊頗形熱鬧熱鬧出隨郁齋到花園議買丹桂不成遂繞道回寓經東安

門外見天主堂白塔高凌霄漢又遇遊會觀者如堵所演是武藝等頗意也略觀梗概即同寓是日鵬霄先生邀飲初擬赴席後恐夜飲不能進城辭不去酉初孫福經代投卷一套送來是晚多與三先生到門牌邀入局與耀裳合本

八月初一日晴

先晚門牌偏勞耀裳丑正就寢卯正與三起來説被竊即起撿查什物幸無失與三則失去時表烟壺同寓者或失去烟袋及衣服等共值銀約百金旋疑下

人所竊詰不得實徒喚奈何未初填寫試卷籍貫三代年貌申正孫福到將試卷交他納去順給錢十千文投卷納卷共須八千文另二千文長班車飯錢也

初二日晴

午正送郁齋先生嶸峒九六丸萬靈丹二十瓶院後棗樹二株正熟郁齋飭紀打棗邀到後院嘗新味亦可申正孫福納卷畢送卷票來

初三日晴

是日調試筆墨郁齋先生惠送白梨云是

圓明園佳果甚某内監所餽者嘗之味殊美

初四日晴

午初偕伯汲少夔隨郁齋先生出崇文門到真武廟前遊玩無足觀者後偕伯汲往

天壇壇在朝陽門内路東四周圍牆廣可百畝大門三均髹紅色旁開小門以便出入驅車直進樹木交蔭有嚮導者引至神樂署後園入保合堂購益母膏出見内圍牆亦是大門三髹紅色中有行宮壇坫規模宏敞出園牆外望見路西

先農壇規制如之仰見
聖天子敬天勤民之至意矣申正同寓路上遇有乘四人
轎者京城皆乘車此為僅見車夫曰聖人蓋曲阜衍聖公也過
堂子問車夫車夫具以對
初五日晴
巳正將行李收拾以便出都免臨時忙亂
初六日晴
巳初偕伯汲海珊往兵部街購靴從法英秘美各國
領公使署前過後往正陽門內賃驢代步到觀象臺

下騎臺附東城之垣臺下閉門不可登翹首望之當中設渾天儀旁設測量器具轉入臺內天階左右各設測量器具均范銅為之盛器之雲龍均精巧絕倫古色斑駮海珊説東邊之龍原亦五龍如西邊者然後飛去一龍四龍猶存故各鎖以索繫於山上也後觀四山鑿有乾山坤山艮山巽山字樣亦范銅為之海珊之説當屬無稽出臺乘車回寓戌初為海珊寫鐵保二字名戳

初七日晴

辰初撿點進場什物巳初孫福送來燒鴨三隻其一即賞錢十二千文午初乘車往謁翥雲夫子取監照不遇隨到廣隆店買月餅並煩代寫通州船往天津即交定銀二兩申初回寓郁齋先生惠送雲片糕小菜即答以月餅申正雞頭戌初更調筆墨修第八號安稟

初八日晴

辰初查點進場什物辰正朝饍巳初同乘車往貢院進西左門在影壁候點未初在東右門聽點憑卷票領

簽入大門到二門口憑卷票領卷畢入磚門搜檢王大臣列坐門內實不搜檢旋入西文場鹹字二十七號水夫代佩考具即賞錢五百文隨即部署一切申正假寐少頃弄飯因號軍不諳弄飯也戌初就寢

初九日晴

丑正題紙下號軍隨詩打掃及派題錢即賞錢二百文卯初起來作文午初弄飯食未初謄藝起戌初次藝起亥初美飯食亥正假寐場內每日均有粥飯及豕肉等分派均未領取任號軍冒領

初十日晴

卯初起來辰初三藝起巳正試帖起即謄真午初弄飯食申正起卷賞攬軍錢五百文酉初交卷領簽出場賞代佩考具水夫錢五百文乘車回寓

十一日晴

巳正同乘車到貢院候點未初領卷編號東鳥八酉正弄飯食亥正題紙下隨就寢

十二日上午晴酉正起風亥正下雨

卯初起來作文午初弄朝飯午正易藝起申正書藝

起

亥正詩藝起戌初弄飯食

十三日雨

子初春秋藝起隨睡卯初起來辰正禮藝起即謄真

午正弄飯食申初起卷申正賞號軍錢一千文及藥

九隨交卷出場乘車回寓下車忘帶回卷票後為宗

東坪旗人捡得戌初東坪親到說出卷票方知失去後

得郁齋先生過來解說東坪不便索謝隨着盧順跟

東坪去領回卷票東坪性不親到後着盧順於十五

日送東坪果一桌東坪辭不受

十四日晴

巳正同乘車到貢院名經點過隨即補點進場歸西巖二十二號酉初弄飯食亥正就寢

十五日陰戌初雨

寅正題紙下即起來查對巳正一問起弄飯食午正二問起申正三問起酉正四問起戌正五問起即謄真亥初倦極就寢

十六日晴

卯初起來謄真巳正起卷賞號軍錢五百文午初交

卷出場乘車回寓未正乘車謁翥雲夫子取回監照已補領監照一張並辭行到廣陞店取船票無票祗交憑信一扣投通州恆泰店耳申正回寓收拾行李先是海珊之外祖母某氏沙灣人倩女度活者送來果一桌是晚同敘後公送回銀二兩

十七日陰雨酉初大雷雨雹

午初乘車訪東坪道謝不遇而回送郁齋先生筆六枝偕伯溵謁鵬霄先生辭行不遇隨到南海會館竹翹邀赴便宜坊小酌酉正入宣武門回寓

十八日晴

巳初偕伯汲耀裳揖別郁齋先生海珊及諸同寓乘車出崇文門復出東便門取道到通州每輛車銀一兩二錢另酒資制錢一百文所過皆泥路比來時走石路不啻天淵之別申初到通州見有某主事靈柩用驢馱駕者想是殁於京邸而運柩回籍也隨到恆泰店投信知已僱定船矣船錢一十二千五百文另柴火錢二百五十文即同下船有代搬行李者討酒錢一百文復登岸託恆泰店代辦火食

十九日晴

卯初解纜戌初船泊黄家浦迴思由天津乘車進京時備歷艱苦何似坐船之好也

二十日陰晴各半寅初雨午正雨

卯初解纜在浦購鯉魚佐朝膳味頗美未正到津泊紫竹林馬頭同入佛照樓濮代支船錢隨賞酒錢二百五十文聞武昌輪船明早展輪往上海即同下船覓牀位隨部署一切後有竊烟袋者被鄰客識告隨搜同酉正佛照樓送晚膳來後偕伯汲登岸到佛照樓結帳並寫船票每張紋銀一十一兩三錢紋銀不

足補以洋銀每圓止作七錢算戌初復下船亥初就寢亥正佛照樓伴送船票來

二十一日陰丑初微雨申正大風辰初起來聞佛照樓不送早膳恐船上飯晏買餑餑二枚充飢已初用朝膳後展輪申初將抵大沽口停輪候潮申正展輪時方飯後風浪頗大船即隨波上下蓋船尾風也忽覺精神不支隨即睡下而同舟多暈吐者矣

二十二日晴

辰初起來午初船泊烟台先是船上分朝膳不敢食防吐也午正食粥未正登船上購蝦脯雪梨亥初用晚膳亥正展輪隨就寢

二十三日晴風浪未静

辰初起來餓極食乾糧少許登船上瞭望四四面無際水作黑色蓋黑水洋也已正用朝膳午初大解廁息難堪午正睡中覺醒開船窗通氣酉初晚膳亥初就寢

二十四日晴

丑初丑正均停輪頃刻不知何事辰初起來風雖大而浪甚平蓋已過茶山矣辰正食麪共賞伙夫洋一毫五仙午初朝膳畢收拾行李船入吳淞口未初泊申江移寓二洋涇橋長發客棧申初同到亦新園薙髮回寓飯後登更上一層樓品茶出登也是樓聽書出登杏花樓小酌

二十五日晴

辰正過法國租界是日適禮拜見婦女入教堂者絡繹不絕順道進城入北門見枷示引誘婦女遊蕩匪

犯一名隨過縣署到城隍廟從廟後出遊潘尚書故園中有大池池中有亭石橋曲折可通池之西面累石作假山餘三面環以軒館樓閣今雖半就圮廢盡為茶肆然規模尚存猶可想見當時之盛已正同寓午正始用朝膳因客多應接不暇也戌初雨農邀登更上一層樓出僱馬車遊中園一路冷落無車馬之聲至則園門深鎖閒無燈光驅車同登華眾會樓看鱷魚魚長五尺有奇狀殊可怖此樓亦是男女混雜之所借品茶為名而野雞又於此間求雄也後到中

華園食粥亥初回寓此行伯汲耀裳與焉亥正收拾行李

二十六日晴

午初結棧租同下吉星輪船回肴幸而有房即將行李安頓停妥申初留耀裳看守行李偕伯汲登岸到長春客棧尋梁善平取船[illegible]凡是每交洋九圓託渠買票也申正回船酉正長發棧送晚膳來戌初梁善平下船出萊陽棃同食佳果也

二十七日晴

巳初展輪巳正朝膳午正出吳淞口

二十八日晴戌初微雨

辰初到温州海面亥正出福建口

二十九日晴

申初到汕頭泊海心酉正駛泊馬頭隨登岸散步

九月初一日晴戌初微雨

申初展輪

初二日晴

巳初到港泊馬頭偕伯汲訪桂關泰留朝膳隨送暹

囊亦到盖行李訖善平看守也午初同謁南芝任並
送上蘇疊色酒申初回船戌初登岸觀釣魚回首後
送桂閒京布一疋梅花點舌丹十九藥墨一方

初三日晴

丑正展輪已正朝膳未初泊常洲即僱駁艇入首河
酉正到省河泊三水馬頭與伯汲擢囊揖別入門叩
安畢備述旅況此行計七十七日用銀一百七十餘兩連
先期購辦什物共約銀二百兩爾乃斯文不幸名場
則魚竟曝顋阿緒空消生計則蛛難補網況夫駭浪

驚濤航海較檣出而險[illegible]雨驅車嗟行路之難

愧我沿途風景未及周[illegible]感仙異地人情也增閱歷爰

為彙誌以示將來夢蘭手記